KB132146

연필로 쓴
작은 글씨

MIKROGRAMME
Robert Walser

연필로 쓴
작은 글씨

로베르트 발저 지음   안미현 옮김

희미해져가는 사람,
발저의
마지막 나날

문학동네

일러두기

1. 이 책은 Robert Walser, *Mikrogramme*(Suhrkamp Verlag AG, 2011)을 옮긴 것이다.
2. 원서에서 고딕체로 강조한 부분은 한국어판에서도 고딕체로 표기했다.
3. 본문에 수록된 각주는 대부분 역자주다. 원주의 경우 알아볼 수 있도록 따로 표기했다.
4. 인명, 지명 등 외래어는 국립국어원의 외래어표기법을 따랐다. 단, 외래어표기법이 제시되지
   않은 일부 단어들은 국내 매체에서 일반적으로 통용되는 표기를 참조했다.
5. 단행본과 소책자, 정기간행물은 『 』로, 논문과 단편 등은 「 」로 표기했다.

차례

Mikrogramme

저기 있다

문명화된 어떤 것을 갑자기 유약하게 만들 가능성이 존재하는데, 내가 짧고, 작고, 얄팍하지만, 경우에 따라서는 지식의 영역으로 넘어갈 수 있는 이 글을 정장을 입은 채 쓴다고 말하는 것이 현실에 어울리지 않는다면, 이를테면 주일 정장을 입은 것처럼 쓴다는 것을 밝히고 싶다. 그건 그렇고 나는 어제 상당히 늦은 시간임에도 어떤 사람과 길에 서서 최고의 대화를 나누었는데, 대화를 하는 동안 그는 나를 믿고 이야기를 털어놓아도 되겠다는 생각이 들었던 모양인지, 언젠가 사교계 여성과 매우 고상한 대화에 연루되었다는 것을 깨닫는 순간, 그 여성의 어깨 너머로 더할 나위 없이 무심하게 아주 정교한 무늬가 새겨진 권총으로 반항적인 군중을 향해 잇달아 총알을 쏘았다는 사실을 내게 애써 얘기하려는 것처럼 보였다. "그 순간 당신은 인생의 지배자였군요"라고 내가 감탄해서 말하자, 그가 내 감탄에 놀라 거의 알아차릴 수 없을 정도로 고개를 끄덕이는 것을 보면서 우리는 일단 헤어졌다. 세련된 문화 생활에서는 분명 유용하다고 믿을 만한 것이 있는데, 그것은 누군가가 따뜻해지면 빛이 나고,

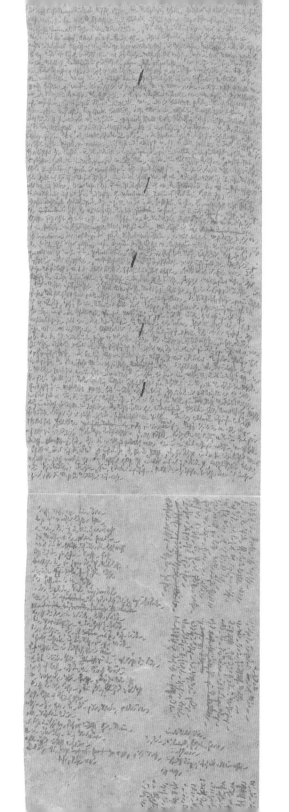

46

몰취향을 극복하려고 전력을 다하면 대단히 세련된 사람이 되고, 사람들이 주변에서 어떤 경이로운 것도 더는 인지하지 못할 때 대단히 경이로우며, 지적인 척 행동하면 전혀 지적이지 않다는 것이다. 예를 들자면, 어제 나는 환하게 불이 밝혀진 콘서트홀에서 마치 내가 그 고독한 여성에게 많은, 많은 것을 의미할 수 있기라도 한 것처럼 그녀를 얼마나 줄기차게, 그러면서도 완벽하게 조심스럽게 바라보았는지. 어떤 불가사의한 힘이 내게 부여할 가능성에 사로잡혀 진실로 나 자신에게 박차를 가할 수 있으리라는 생각에 몰두한 순간, 전 세계의 창조가 내 눈앞에 어른거린다. 정신분석은 이에 대해 "그는 출세하려고 생각하는 모양이다"라고 말할 수 있을 것이다. 나는 무엇보다 횔덜린의 경우가 극도로 해결되지 않은 사례라는 것을 분명히 안다. 바로 내 옆을 스쳐 지나가서 다시는 돌아오지 않을 날들에 나는 편지 한 통을 받지 않았던가. 그 편지 속에서 막 일어서려고 하는 언어적인 힘Potenz이 내게 쓰기를 그녀는 나를 자신의 존재를 위한 열쇠로 여긴다는 것을 내가 알아도 좋다며, 내가 무엇보다 그녀 자신의 닫힌 상태를 열어주는 데 탁월하게 어울린다고 생각한다는 것이다. 실제로 우리의 수수께끼에 대한 해답을 종종 우리 자신보다는 오히려 다른 사람들에게서 얻는다. 나의 망설임은 겉으로 보면 결코 완벽하게 답해질 수 없는 문제의 마력 앞에 부단히 남아 있는데, 예를 들어, 삶에서 이기는 일에서는 배제되어 있다 하더라도, 앞으로는 삶을 계속해서 받아들이는 것에는 특정한 매력이 있다는 것을 알게 되자, 이 지독한 고집쟁이는 밝게 빛나는 눈을 하고 해먹에 누운 것처럼 아주 부드럽게 몸을 흔들거린다. 탁월한 필적학자와 함께 조만간 유명해질 기회가 내 눈앞에 놓여 있다는 추측을 제외하고는 많은 것을 생각하게 해주는 부인할 수 없는 상황이 나를 놀라게 하는데, 지식인들은 명백히 그들의 꽉 찬 지식에 의존하는 데 반해, 무지한 자는 여기저기서 전해들은 것을 차후에 아주 만족스럽게 지껄이는 동안 그들이 독립성이라고 부르고 싶어하는 무사태평을 즐기고 있다. 속박이란 문제를 꺼내는 것이 더 흥미롭지 않다면, 우리의 본능은 상상력의 비상을 멈추게 하거나 식욕을 줄이는 모든 것들을 떨쳐버리라고 권하는데, 이 말로 나는 당연히 전체 삶에 대한 욕구를 의미한다. 최근에 나는 채찍을 가지고 있으면서도 그때까지 그것으로 아무것도 할 줄 모르는 여성에게 어떤 조건이 갖춰지면 이 도구를 목적에 맞게 사용할 수 있는 기술을 가르쳐주겠다고 말했다. 채찍의 심리를 제대로 아는 사람은 거의 없어서 이에 관해 나는 스스로를 권위자라고 부를 수 있다. 참고로 스물네 살 정도 된 남자들에게 아무 준비도 없이 "나는 일주일 전부터 더 이상 결혼한 상태가 아니야"라고 말할 생각이 떠올랐는데, 이 짧은 금욕의 시간이 말할 가치라도 있는 듯이 말이다. 입 밖에 내는 것이 허용되지 않는 말이 내 입술 위에 떠돈다면, 이로써 나는 나 자신이 매우 사리분별력이 있다는 것을 말로나 글로 확신시키려는, 세상에 널려 있는 수다쟁이 무리에 속한다는 것을 고백하는 셈이다. 그러나 제대로 된 분별력은 이 같은 확신을 허용하지 않고, 말하기 시작한 것에 대해서는 끝까지 말하라고 명한다. 누군가가 분별력이 있기를 원한다는 말은 그가 분별력이 없다는 뜻이다. 자기는 수다 떠는 것을 좋아하지 않는다고 떠벌리는 사람은 타고난 수다쟁이다. 예를 들어, 실제로 전혀 성적이지 않는 사람은 계속해서 성性에 대해 말하고, 그렇게 해서 자기들이 원하는 것을 실현하는 데서 점점 더 멀어진다. 모든 노력은 실현되는 것과는 무관하고, 많은 종류의 불가능성은 하나의 가능성을 담고 있다. 내 눈길은 종종 한 권의 책에 가닿는데, 그 책의 '나는 원한다ich will'라는 제목은 다정하게 나를 자극해서 나는 매번 이 사랑의 자극에 미소를 지을 수밖에 없는데, 그것은 프리드리히 니체의 『권력에의 의지Wille zur Macht』처럼 들리고, 보이고, 울리고, 향기를 발하기 때문이다. 니체는 어쩌면 횔덜린의 경우와 유사할 것이다. 그 밖에도 니체는 철학의 길에서 여성에게로 갈 때마다, 매번 가지고 다니기로 한 마치 유희하는 듯한 채찍의 속도로 얘기를 지어냈다. 내 생각에 니체는 본질적으로 너무 많은 것을 원했던 것 같다. 그는 분노에 차면 채찍으로까지 나아간 것으로 보이는데, 채찍을 사용하기에는 너무 학식이 높았다. 그는 한 번도 채찍을 사용할 수 없었고, 그것은 한 여성이 가지고 있다가 내게 잠시 보여준 채찍이 너무 부드러워서 사용할 수 없었던 것과 흡사하다. 가장 훌륭한 채찍은 부드러움 그 자체와 부드러움과 연결된 모든 것, 단호하지 못함, 우유부단함, 정신적인 것, 섬세함, 뭔가를 붙들기에는 수줍음 같은 모든 것을 표현한다. 나는 이것으로 여성스러움의 권력에 주목한다.

한때 좋은 사람들이 나를 보았던 그곳

한때 좋은 사람들이 나를 보았던 그곳,

그곳에 이제 나무들이 푸르러가고,

노래하고 쩍쩍거리는 덤불 옆으로, 기차가

나지막이 지나간다. 내가 여기서 일을 망칠지도 모른다.

아담하게 숨겨진 작은 마을 앞에서 수탉 한 마리가 운다.

나는 산문에서 산문으로 미끄러지고

그것으로 한때의 내 모습을 숨긴다,

원치 않는 감상이 내게 찾아올 때면.

언젠가 내 눈에 들어왔던 마차들이

내 아름다운 존재의

초록빛 수풀 옆을 지나간다, 내가

기이한 나 자신의 삶의 여정을 쫓아가는 동안.

산문에서 더 작은 산문들로

나는 그렇게 미끄러진다, 마치 배를 탄 것처럼,

그리고 배가 내게 그렇게 행한 것처럼.

앞마을에서는 수탉 한 마리가 유쾌한 목청으로 울고,

나는 내가 여기서 일을 망친 걸 깨닫는다,

기억이 소리없이 다가올 때,

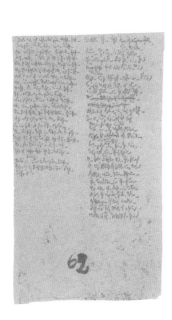

나는 재빨리 여기에 그것을 숨긴다.
내 인생의 푸르른 수풀 옆으로
나는 산문쟁이의 배를 타고 지나간다.

우리는 알지 못하는 손에

우리는 알지 못하는 손에

붙들린다, 기분 나빠하는 것이 무슨 소용이 있는가?

언젠가 그렇게 되어야 했던 것이라면.

이름을 붙이기에는

너무 부드러운 불행이 희미해져가는구나,

어느 날 더는 이곳에 있지 않던 사랑은

저기에도 없고, 어디에도 없구나, 그리고 나는 혼자 물었다,

사랑은 하나의 음과 비슷한 것인지,

생겨남과 함께, 연주하면

다가왔던 모든 날들과 사라진 날들에 아직도

기억했던 마음이 잊힐 때까지

점점 사라지는 음과 같은지.

기억은 소진되는 것.

결국은 아무 일도 없었던 것처럼.

누구도 아무것도 하지 않았지만, 오로지 저절로

생겨나, 시간과 함께 커졌다가 사라지고 마는구나.

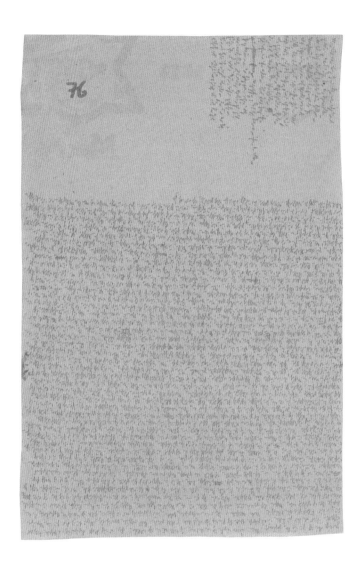

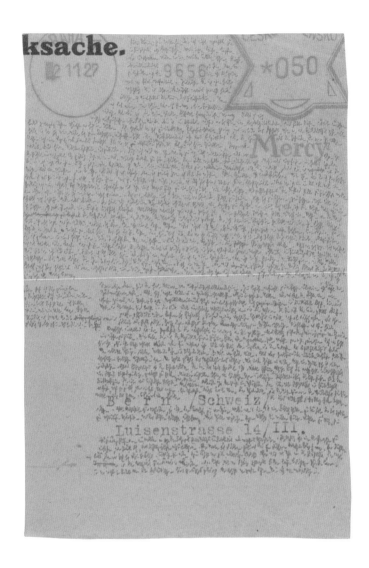

ksache.

9656   ★050

Mercy

Bern /Schweiz/
Luisenstrasse 14/III.

약 이십만 년 전에

약 이십만 년 전 스위스에는 곰들이 살았던 것처럼 보이는데, 우리에게 전해진 지식에 따르면 그 곰들은 오늘날보다 두 배는 강하고 크며, 고집스러웠다. 유럽의 세기라고 불리는 중세로 넘어오면서 당시 스위스는 이런저런 점에서 이 시대의 다른 곳들과 비슷한 상황이어서, 그것은 한편으로는 수도원 문화를, 다른 한편으로는 기사의 성城과 같은 문화와 통치술을 보여준다. 점차 여러 도시들이 세워졌다. 스위스의 어딘가에는 이집트에서 발원한 도시가 하나 있다. 이 전설적인 요소는 뭔가 기이하지만, 그 기이한 것이 스위스연방이 점차적으로 확대되어감에도 계속해서 남았던 것 같다. 오늘날 스위스인의 조상은 의심할 바 없이 용감하고, 지혜롭고, 진취적인 사람들이었는데, 그들이 스스로에게 장대한 특성을 부여했기 때문이다. 그것은 후손들이 언급하는 대로 충분히 환영받을 만한 업적이다. 이제 내 관심을 물水로 돌리면, 스위스의 호수와 강들은 깊고 맑다. 그다음으로는 내가 진작부터 말했어야 하는 예술과 문학에 해당하는 것으로, 스위스는 한스 홀바인Hans Holbein 같은 화가와 콘라트 페르디

Neueste
Frühjahrs-
Modelle

난트 마이어Conrad Ferdinand Meyer* 같은 천재적 작가의 명성을 자랑스럽게 여긴다. 이와 관련해서는 당연히 다른 사례들도 들 수가 있다. 유머가 살짝 빗나갔다기보다 의문시되어야 할 이 에세이에서는 언급할 가치가 있는 많은 것에 대해 언급하기를 포기해야 한다. 그래야 많은 것을 빨리 말할 수 있는데, 공공연하게 알려져 있는 것처럼 스위스인들은 자유에 관한 열망과 함께 그럴 만한 능력을 갖고 있다는 점에 대해서도 제대로 평가받아야 한다. 이 점에서 그들은 질투심 많은 사람들과 비슷하다고 해도 되지 않을까? 그다지 오래되지 않은 과거에 다른 나라들에, 내 말은 적절한 장소에, 지금은 더는 존재하지 않는 기관이지만 당시에는 분명 유명했던 스위스 부대들 혹은 외인부대들이 있었다. 오래된 시구들은 오늘날에는 더이상 노래로 불리지 않지만 우아하면서도 민중적인 방식으로 과거 스위스 병사들의 향수를 호소하면서, 앞서 언급한 역사적 기관과의 관련성을 말해준다. 스위스를 사랑하는 사람은 한순간 산악과 길게 이어지는, 표면에 높이 쌓인 눈 위로 떠도는 알프호른의 곡조를 상상한다.

---

* 19세기 스위스를 대표하는 시인이자 소설가로, 서정시로 독일 시에 새로운 장을 열었다.

고상한 필자들은 스위스인들의 영혼에 대해 다소 하찮고 편리하게, 그들의 기분은 아침부터 저녁 늦게까지 유쾌하고, 선량하고, 농담으로 채워진다고 말한다. 그러나 그것이 실제와 다른 것은 다행이라고 할 수 있다. 사실을 말하자면, 스위스인들은 여러 가지 필연적인 사실들이 강요해온 가면을 쓰고 있는 민족이다. 그들은 즐겁게 보이지만 진지하며, 순진하게 행동하는 것처럼 보이지만 사람들이 생각하는 것보다 훨씬 의식적이다. 어쨌거나 중요한 사실은 사람들이 이 나라와 이 민족을 여타의 나라와 민족과는 달리 본다는 점이다.

이 도시에 얼마나 많은 주민이 사는지 잘 모르겠으나

구릉지대에 아주 유쾌하고 큼직하게 놓인 이 도시에 얼마나 많은 주민이 사는지 잘 모르겠으나, 산악지대에서는 졸졸 흐르며 떨어지다가 기분 좋게 넓어지는 강이 이 구릉지대를 관통한다. 이 도시*는 칸톤의 수도인데, 칸톤과 같은 이름으로 불린다. 이 칸톤은 우리나라에서 가장 크거나 두번째로 큰 것으로, 우리 칸톤의 수도는 일반적인 도시로서나 주도州都로서나 인상적이면서도 중요하고, 심지어는 다른 지역 주민들도 이 나라의 여러 도시 가운데 가장 아름답고, 가장 인상적이라고 말하기를 주저하지 않는다. 이 도시의 거리나 우리나라 위인들의 광장이라고 즐겨 불리는 광장에서는 여러 다른 칸톤에서 온 사람들이 서로 만나 각자 독특한 자기 고향의 언어로 대화를 나눈다. 우리나라는 알려진 것처럼 주로 세 가지 언어를 사용하는데 독일어, 프랑스어, 이탈리아어가 그것이다. 이 도시를 묘사할 때 외국 사절들이 만나는 장소

---

* 베른주를 말함. 오늘날 스위스는 총 스물여섯 개의 칸톤(주)으로 이루어진다.

30

라는 점을 빠뜨려서는 안 되며, 이런 사실은 당연히 이 도시에 활력과 세련됨을 더해준다. 대략 사 년쯤 전에 가진 것 없는 나 자신은 아주 소박한 일자리를 얻게 되어 이리로 옮겨왔다. 그 자리는 내게 한 여성을 위한 걸음을 허락하거나 부여했고, 말하자면 그런 임무를 담당하거나 마련해주었다고 말할 수 있다. 그때 나는 여러 탑 아래를 황급히 지나갔는데, 그중 몇 개는 다행히도 아주 높고 흥미로운 것들이었다. 이전부터 내려오는 탑들 중 하나는 풍뎅이탑이란 이름을 가진 인상적인 건물이고, 다른 하나는 시계종탑이라 불리는데, 시계종탑은 많은 인물 형상이 등장하는 시계로 장식되어, 정오가 되면 많은 사람들이 잠시 그 앞에 모여 그 아름다움에 감탄하곤 한다. 당연히 이 사람들 중에는 늘 그렇지만, 특히 여행철이나 여름철에는 외국인들이 많아서, 우리 도시는 적잖이 외국인들의 도시로 불리거나 간주될 수도 있다. 당신들도 어떤 조망 지점Aussichtspunkt에서 이 도시가 얼마나 아름다운지를 보게 된다면 이 도시를 사랑하게 될 것이다. 어느 날 저녁, 한 카페에서 나와 더없이 만족스러운 대화를 나누었던 한 여성은 지금 언급한 이 도시를 자신은 여름 도시로 여긴다고 했다. 실제로 이곳은 여름에는 비교적 쾌적한, 말하자면 조금은 서늘한 편인데, 사철 눈으로 덮인 알프스가 가까이 있어 더운 계절에도 아주 쾌적하게 느끼게 해주기 때문으로, 뭔가 기이한 것을 간직하고 있는 그 근접성이 주민들에게 어떤 영향을 미친다고 하겠는데, 그 영향은 어쩌면 힘을 불어넣어주는 듯하고, 어떤 의미에서는 유쾌하게 해주기도 하며, 산들의 광경은 우리에게 경고를 하고 경외심을 갖게 만들어서 우쭐거리는 것은 우리 방식에는 맞지도 어울리지도 않기 때문에, 사람들은 그런 태도를 본질적인 것이라고 여기지 않았다. 많은 도시가 있고, 각각의 도시들은 자신만의 아름다움을 지닌다. 이 도시에는 연방건물이 있고 나는 이 건물에 아직 한 번도 가본 적이 없지만, 우리나라의 공공기관과 행정부가 그 공간 안에 들어 있는데 내가 사실이 아닌 것을 주장하겠는가? 사실 나는 언젠가 연방회의에 청중으로 조용히 참석해본 적은 있다. 사람들은 현실과 맞지 않는 것을 얼마나 쉽게 말하는지, 나중에 자기의 말을 수정할 수 있다면 다행이리라. 우리 도시를 관료 도시라고 부르는 것은 어느 정도 타당한데, 그것은 당연히 많은 사무원들이 여기 머물고 있기 때문으로 지방행정은 그들을 필요로 하는데, 그것은 과거에는 상인이나 시골 일꾼들, 혹은 농부들이 필요했던 것과 마찬가지다. 물론 과거의 성 건물 위에 산뜻하게 솟아 있는, 그다지 오래되지 않은 대학이 있다는 사실도 덧붙여야 하지 않겠는가? 동시에 이 도시를 둘러싸고 있는 시설 중 하나는 기분 좋게 산책할 수 있는 뢰슬리정원이다. 뢰슬리정원의 이곳저곳은 야외연극에 이용된다. 이 도시의 극장에 관해 말해보자면, 18세기로 거슬러올라가는 옛 극장은 수요가 더는 많지 않다. 그 대신 이 옛날 극장에서 멀지 않은 곳에 웅장한 새 극장이 세워졌는데, 여기서는 정말로 멋진 것, 탁월한 것을 볼 수 있지만, 이곳 또한 유감스럽게도 항상 꽉 차지는 않는다. 고백하자면 나 역시 아주 부지런한 연극 팬은 아니어서, 매 시즌마다 대략 세 번, 많으면 네 번 정도 공연을 보러 간다. 그 대신 나는 책을 많이 읽는 편으로, 그것이야말로 생각해봄직한 지적인 소일거리라고 믿기 때문이다. 내가 당신에게 우리 도시의 상황에 어울리는 이미지를 만들어 보이려고 애쓰는 동안, 이 도시가 언덕 위로 펼쳐져 있다는 사실과, 강이 그 언덕을 감싸안은 모습을 보여주고 싶은데, 자상한 강의 언덕과 함께 이 도시가 아름답고 사랑스럽고 소중한 여인 같다고 한다면, 물론 지나치게 미화된 것처럼 들릴 터이다. 좁게 연결된 구도심은 그 형태나 연결 방식에 있어 주택들과 궁정을 일종의 이탈리아식 통로와 아케이드로 연결시킨 저택과 흡사하다. 이렇게 연결된 집들 한가운데 거대하고 높이 솟은 교회가 있는데, 사람들은 약간의 비용을 치르고 즐거움을 위해 그 위로 올라가, 거기서부터 상상할 수 있는 가장 다채로운 주변 경치를 보며 만족감과 즐거움에 빠져든다. 이제 이 도시의 수립에 대해 말해도 될까. 이 도시는 우리나라가 애초에 지리상으로나 공간적으로는 존재했지만 정치적으로는 아직 부재했던 시기에 생겨났는데, 이 시기에는 백작들과 후작들이 있었고, 대공과 군주들이 있었으며, 시간이 흐르는 동안 불안정하게 발전해온 이 조직체에 초석을 놓은 사람은 채링엔 대공이었다. 이 건립자의 기념비는 밤나무로 둘러싸인, 구조가 각별히 마음에 들고 눈에 띄는 광장에 세워져 있다. 지금은 겨울인지라 내가 방금 말한 밤나무에 잎사귀가 하나도 없지만, 겉보기에는 이미 죽은 듯한 많은 것이 봄이 되면 새롭게 자라는 것처럼, 잎사귀들이 다시 돋아날 것이다. 이 기념비에 이어 루돌프 폰 에어라흐 백작의 기마상에 대해 언급하자면, 이 기마상은 대성당 광장에 세워져 있는데, 이 인물이 이룩한 것을 기억하기 위해 해마다 화환으로 장식해서 생기 넘치는 화려함이 사라지지 않는다. 그림 같은 우리 도시 경계 안에서는 축제 행사가 무척이나 아름답게 펼쳐진다. 두번째로 중요한 기념비는 아드리안 폰 부벤베르크의 동상으로, 아주 전투적이고 명령

하는 듯한 형상을 하고 있다. 갑옷을 입은 이 인물은 손을 펼친 채 단순하면서도 영웅적으로 거기 서 있다. 그는 이 나라가 어려웠던 시기에 대단히 용감하고 인내심이 강한 수호자였고, 내 생각으로는 언제나, 실제로는 모든 시기에, 심지어는 지금과 같은 평화의 시기에도 값지게 기억되는 인물이어서, 우리가 결코 내주고 싶지 않은 것, 절대 빼앗길 수 없는 소중하고 사랑스럽고 고귀한 것, 그 위에 우리가 기초하고, 그의 편에서도 우리 위에 놓고 싶어하는 것을 항상 지켜주는 것처럼 생각되는데, 내가 여기서 말하는 것은 뭔가 이성적인 바탕에서 나왔다는 것을 이해해주기를 바란다. 평화를 유지하기 원하는 나라들과 사람들은 결코 서로 과소평가하지 않고, 스스로를 존중할 필요성과 소망, 의무를 가진다.

평소에 나는 항상 제일 먼저 산문 작업복,
말하자면 일종의 작가 재킷을 입는다

글을 쓰기 시작하기 전에 나는 항상 제일 먼저 산문 작업복, 말하자면 일종의 작가 재킷을 입지만, 지금은 바쁘고, 게다가 이것은 아주 작은 것, 접시처럼 둥근, 맥주잔 받침을 가진 아주 멍청한 물건일 뿐이다. 아이들이 그것을 가지고 노는 모습을 나는 쳐다보았다. 놀이는 우리 음식점 앞에서 벌어졌고, 개 한 마리가 놀이 속으로 끼어들었다. 오, 개는 꼬리를 자랑스럽게 꼿꼿이 세우고, 스스로를 동등한 자격을 갖춘 존재로 여기는 듯했다.

개는 기뻐서 어쩔 줄 몰라 했는데, 아이들도 그것을 알아차렸고, 어리석은 개의 즐거움이 아이들을 웃게 만들었다. 아이들의 웃음은 또 나를 웃게 만들었고, 접시들과 어리석은 맥주잔 받침도 자기들이 놀이의 목적에 이용된 것을 알고 완전히 즐거움에 도취했다. 접시들은 자기들도 대등한 자격을 가진 것처럼 여기고는 스스로 결정한 듯 바닥으로 굴러가자, 개와 아이들은 그것들을 잡으려고 뒤쫓아갔는데, 바로 그 속에 행복이 있었다. 아이들이 조금 불행했을까? 오, 아니다. 개는? 개는 어리석고, 어리석은 만큼 그 녀석은 분에 넘치게 행복했는데, 오로지

행복감으로 녀석의 꼬리는 곤추섰고, 그것을 보자 내 기분은 말로 표현할 수 없을 정도로 만족스러웠고, 개와 어리석음을 경주하는 작은 접시들은 얼마나 행복해했는가! 나는 이것을 말로는 제대로 표현할 수 없는데, 그때 흰 블라우스를 입은 부인은 어리석고 행복한 창가에서 개와 아이들과 접시들이 하는 놀이를 주의깊게 내려다보았다. 그녀에게 어떤 고독감이 기품 있게 내려앉았다. 모든 기품 있는 것들은 원래 고독에 둘러싸이기 마련이다. 그리고 이제 이 멍청하고 행복한 개의 꼬리는 완전히 속수무책이 된다. 내가 그 같은 쾌활함의 총합을 보았을 때, 내 속에서 승리감에 차서 자랑스럽게 허공으로 올라간 개의 꼬리처럼 의심이 떠올랐다면, 그 의심은 고도로 전개된 이성에서 나온 것이 전혀 아니라, 무해함에 대한 증거일 것이다. 개는 굴러가는 접시 중 하나를 잡아챘지만, 그 접시는 금방 개에게서 떨어져나가서, 개는 매번 그 같은 가벼워짐에 대해 고마워했다. 나는 일 년 내내 그 놀이를 지켜봤는데, 일년 내내라고? 나는 이 같은 허튼 말에 대해 일 년 내내 용서를 빌어야 했고, 마치 그것으로 내 생애의 일 년이 사라지는 것처럼 정확히 그리고 즐겁게 용서를 빌었는데, 내가 힘이나 전망이나 어리석음에서, 그리고 지혜에 있어서도 충분히 넘쳐나길 바란다. 저 우아하고 지극히 품위 있게 치장한, 지혜롭게 말하자면 감시받지 않을 만큼 나이 먹은 젊은 부인의 부드럽고, 풍만하면서도 사랑스러운 발에 신긴 단화는 그쪽을 향해 떨리면서, 비틀거리며 소리없이 걷고 있었다. 나는 이상적인 여성상인 이 아름다운 여성을 아마도 사 년 동안이나 지켜보았고, 이 진실이 아닌 사실 때문에 다시 사 년 동안 지극히 아름답게 사죄를 했고, 이 즐거움이 내게 허용될 때면 기쁘게 산책을 기다린다. 사 년 동안 작은 발을 관찰한다는 것. 이 얼마나 고상한 업무인가! 그 발이 내게 미소를 짓는 것처럼 보였는데, 차라리 이렇게 말해야 할 것이다. 그렇게 황홀한 자태의 발을 감싸는 것이 얼마나 행복한지 작은 신발이 미소를 짓는 것처럼 보였다고 말이다. 아이들의 놀이는 끝없이 이어졌지만, 이 끝없음이여, 너는 거짓말을 하고, 나는 이 거짓말에 대해 선한 마음으로 이해심 많은 이해를 계속해주도록 끝없이 길게 용서를 구하며 중얼거리고, 그것이 더 오래 계속된다 하더라도 진심으로 즐거이 그렇게 하지만, 나는 매번 우연히 얻는 일이 줄어드는 것을 인내하며 기꺼이 참는다. 저 작은 접시들이 저쪽으로 굴러갈 때, 그것은 무척 매력적이고 어리석다. 개와 아이들과 존경할 만한 것, 그리고 나는 이 모든 것에 대해 무엇을 얻는가? 내게 즉시 답해주기를. 그녀가 저기 앉아서 신문을 읽는 동안, 그는 그녀가 세준 방들을 정리해야 한다는 것을 덧붙여도 좋은가? 그녀는 항시 손짓만 하고, 그는 거의 알아차릴 수 없는 손짓을 절대로 오해하지 않고 그 즉시 완벽하게 파악하고 이해하는 것이 끔찍했고, 그녀는 그 대가로 여전히 그를 미워했다. 내가 원하면 당신에게 1300페이지 분량의 엄청나게 두꺼운 책을 써줄 수도 있을 테지만, 나는 적어도 지금은 그걸 원치 않는다. 아마도 차후에나. 이보게, 언젠가 일어날 일을 기대하며 그때까지 잘 지내길. 그러나 무엇보다 빨리 다음 것을 기대하기를. 그녀는 매번 일이 끝나면 그에게 오로지 마른 빵 한 조각을 내민다는 것을 거의 마지막 순간에 덧붙이지 못한다면 유감스러울 것이다. 그녀의 이름은 로잘린데이다. 그것과는 반대로 그에게는 이름이 없다. 이름을 갖는 것은 그에게 어울리지 않고, 이름이 없는 것이 그를 행복하게 만들어서, 그런 한 그는 보살핌을 받은 것이다. 그 빵 한 조각은 매번 그에게는 꿀맛이었고, 그가 그것을 먹을 때면 신뢰의 아마조나스 강물이 그에게 넘쳐난다. 이것은 순종임이 틀림없다! 나는 당신이 이 몇 줄에 대해 이름 없이 감사한다는 것을 안다. 오, 그처럼 빵을 건네주는 관계란! 맙소사! 나는 이 보고를 믿을 수 없을 정도까지 계속할 수 있을 것이다. 무한함이란 작은 점의 확장이 아니고 무엇이겠는가? 그녀가 그에게 빵 한 조각을 어떻게 주는가 하면, 그녀는 그때 그를 전혀 쳐다보지 않은 채, 방해받지 않고 계속해서 신문을 읽는다. 그녀는 그에게 아주 기계적으로 빵을 준다. 그녀가 그에게 기계적으로 빵을 준다는 것은 황홀한 것이고, 더이상 능가할 것이 없다. 그때 기계적인 것은 아름다운 것이었다. 고백하자면, 나는 이 산문을 완전히 기계적으로 썼고, 이것이 당신 마음에 들기를 바란다. 나는 이것이 당신 마음에 들어서 당신이 그 앞에서 전율하기를 바란다. 어떤 의미에서 이것은 당신에게 끔찍한 산문일 것이다. 이것을 쓰기 위해 나는 그전에 충분한 치장도 하지도 않았다. 이런 이유에서 이것은 벌써 대작大作이거나 자그마한 대작일 수 있다고 충분히 관대하게 말해도 될 것이다. 관대함이 지배하게 내버려두고, 당신은 한 조각 빵에 대한 추가 설명에 대해 기뻐하지 않는가? 나는 아주아주 기뻐한다. 나는 그것에 대해 최고의 기쁨을 전제하는데, 빵이 가장 중요하기 때문으로, 당신은 그것을 최고로 여겨야 한다. 당신은 무조건 나에 대해 만족해야 한다는 걸 알겠는가? 무조건 말이다. 그러고 나면 저 작은 접시. 이 현실. 이 실제 사건의 배경Fond. 자동차는 붕붕거리고, 그와 그녀는 배경 속에 앉아 있었다. 당신은 나와 나의 배경에 대해 어떻게 생각하는가? 'Fond'라는 이 단어를 기억하시라. 그것은 내게서 나온 것이 아니다. 이렇게 세련된 단어가 어떻게 나한테서 나올 수 있겠는가? 나는 그것을 어디서 얻어들었고, 여기에 적용해본다. 당신은 'Fond'를 'Fund(발견물)'와 같다고 여기지 않는가? 그렇게 하시라. 진심으로 인사를 전하고, 어리석은 개의 자만심을 잊지 마라! 그 개는 몹시 사랑스러웠다.

아가씨 / 구원자

어느 동굴 앞에서

아가씨 그의 머리를 그렇게 베어버리다니. 그렇게 세련된
용에게서. 그는 결함을 가져서는 안 될 것처럼. 그러면
당신은 완벽한가요? 당신은 스스로를 모범이라고 여기
나요? 나머지 몸통에서 그렇게 당당하게 떨어져나간 머
리에 붙은 눈들이 얼마나 원망스럽게, 동시에 얼마나
부드럽게 나를 쳐다보던지. 괴물들도 사랑을 할 줄 안
다는 듯이, 그 괴물은 나를 사랑했어요. 하지만 구원자
인 당신은 날 사랑하지 않고, 오로지 내 앞에서 당신의
강인함을 자랑하는 것만 중요했지요. 당신은 너무나 무
례하게 빛을 발하고,* 그는 완전히 끝장난 채 거기 누워
있어요. 당신의 우월함에 의해 흘려진 그의 피는 얼마
나 멋지고, 용감하고, 성실하고, 지혜로운 선홍빛을 보
여주는지요. 조롱하는 듯한 깃털이 달린, 검은 쇠처럼
빛을 발하는 당신의 투구는 아무 감정 없이 내게 미소
를 짓는군요. 행위를 위해, 시험을 끝내기 위해, 위험을

---

*   혹은 '처벌하고'.(원문 편집자)

46

194

극복하기 위해, 장애물들을 제거하기 위해 당신은 그 일을 행했지, 가련한, 벌거벗은 나를 위해 한 것은 아니지요.

구원자 (자기 외투로 그녀를 덮어주며) 아가씨여, 당신은 지금 뭘 원하오?

아가씨 나는 여기서 지극히 자비로운 자의 감시하에 나쁘지 않게 보호받으며 붙들려 있었지요. 그는 내게 처음에는 당연히 두려움을 주었지요. 내가 그것을 정확히 표현하려 한다면, 혐오감이라고 할 수도 있겠지요. 하지만 나는 여전히 집에 머물렀어요. 그는 당신과의 싸움에서 얼마나 어설프고 감동을 줄 만큼 서투르게 행동하던지요. 그는 너무 순진했어요. 그는 나의 발을 사랑했어요. 당신과 다른 사람들은 약간은 기이한 그의 생각에 다가가기 위해 그의 언어를 배우려는 어떤 노력도 하지 않았지요. 그는 항상 나를 정말로 즐겁게 해주었어요. 나는 그와 함께 있을 때 지루했던 적은 거의 혹은 한 번도 없었다고 당신에게 말해야만 하겠네요. 하지만 유식하고 고상한 문화에서 내려온 당신에게서 나는 이미 빈틈을 보는군요⋯⋯

구원자 하지만 그놈은 온통 계략으로 가득했소.

아가씨 이제 두 조각난 그가 우리 앞에 놓여 있네요.

구원자 내가 행한 것은 당신에게는 하나의 다리橋를 의미한다오.

아가씨 오늘 저녁 일곱시에. 나는 당신의 말을 믿지 않아요. 하지만 당신이 전혀 나쁘지 않았던 자에게서 나를 구해줄 생각을 하기 전에 얼마간 즐기러 갔더라면…… 그는 정말로 연주를 잘했지요.

구원자 나는 당신을 이해하지 못하겠소. 그가 공연 시간이라도 가졌단 말이오? 그놈이 음악원이라도 다녔단 말이요?

아가씨 당신의 무기들은 눈부시지요. 하지만 그는 심장을 가졌고, 내가 그의 곡조에 맞춰 같이 노래하게 했던 것은 바로 그 심장이었지요. 그는 훌륭했어요.

구원자 이제 제발 그만두시오!

아가씨 시간이 흐르면서 나는 그를 신뢰하게 되었지요.

구원자 당신은 이제 정해진 틀 안에서 행동하려고 노력해야 하오.

아가씨 이제 당신도 틀에 대해 말하는군요. 그런 암시들이 나를 불쾌하게 해요. 그는 이해할 수 없는 것에 대한 암시로 나를 괴롭히지 않았어요.

구원자 당신은 그것에 익숙해질 거요. 행동의 자유란 뭔가를 느끼는 것에서 벗어나는 것이지요.

아가씨 그건 정말 멋진 전망이군요. 그렇다면 나는 저기 패배한 자를 부러워하며, 풀려난 여자를 위해 슬퍼할 거예요.

구원자 이토록 감상적이라니.

아가씨 사랑에 대해 알지 못하는 당신들은 그렇게 부르지요. 당신의 형상이 그런 것처럼 나는 한 인물이 도착하기를 갈망했어요. 당신은 이제 나를 돌볼 건가요?

구원자 나는 이미 충분히 돌봐주었소. 당신은 이제 스스로 나아가야 해요.

아가씨 당신은 나를 당신의 무리로 간주하지 않는군요?

구원자 나는 당신을 데려갈 시간이 없소. 나는 직업 모험가요. 나는 여기저기 돌아다니오. 뭔가 영웅적인 일이 행해져야 하는 곳이면 나는 가서 그것을 수행하지요. 나는 부를 축적하려 하지는 않아요. 노획물은 내게 귀찮을 따름이오.

아가씨 그런 계획적인, 아니 무계획적인 구출이라니! 아, 내가 구출되지 않았더라면!

구원자 하지만 당신은 구해졌고, 이제 그것에 맞추어 행동하시오. 이 외투는 가져도 좋소. 나는 다른 것으로 대체할 수 있을 거요. 당신은 당신에게 관심을 가지는 사람들을 찾게 될 것이오. 당신이 괴물들 곁에 머문 것에 대해 새로운 종류의 책 한 권을 쓸 수 있을 거요. 사람들은 당신을 기릴 것이요.

아가씨 내게는 지금까지의 방식이 차라리 낫겠어요. 나는 악한 것에 익숙해져 있지요.

구원자 당신은 아직 잠자고 있지만, 깨어날 거요.

아가씨 그러면 나는 자기 자신에게서 뭔가를 만드는 사람들에 속해야 하나요?

구원자 당신이 먼저 그걸 물어보면 안 되지요.

아가씨 나는 사악해질 거예요. 나는 모든 번성하는 자들을 비웃을 거예요. 그 사람 옆에서 나는 선했어요. 세상이 무엇인지에 대한 예감. 왜 당신은 저를 죽이지 않나요?

그녀의 영혼은 한 송이 피어나는 꽃이었지.

용의 신중함이

그녀에게 비상을 가져다주었지.

사랑스러운 이여, 꺾임은 삶의 방식을 의미하고,

모든 선한 태도는

빼앗긴 평화 위에 있구나. 파괴된 자들은

생기 넘치네. 우리가 조용해지면, 우리는 마음에 들지 않겠지.

가서 시도하라!

많은 불행했던 것 이후에

당신은 어쩌면 다시

미소의 흔적을 찾을 것이라.

당신의 행복에 대해 상심하지 마오,

상심이 바로 행운의 대지이니.

그것이 좋지 않았다면, 이제 좋아질 거요.

그래, 나는 고백해

그래, 나는 고백해, 여러 해 전부터

삶의 진정한 용기가 없을 때 나는 더 많아졌다는 걸,

골목들 사이에서 길을 잃었음에도

한 번도 완전히 넘어지지 않았다는 걸, 오히려 창백한

장밋빛 감정의 풍경 속에서 흔들렸다는 건, 심지어

약간은 낭만적으로 들리는군. 진실을 고백하면,

종종 나는 나 자신이 용기와 함께 부풀어오르는 것을 보

았고,

그 속으로 활기찬 다리로 나를

옮겨보지만, 그러나 실제로는 그 용기는 한 번도 나지 않고,

내가 아직 젊은 것처럼 착각을 하는구나.

나는 아직 멈추지 않았다,

내게 도움이 되도록 인생에 방향을 제시하는 걸.

실제로 나는 나 자신에게

여러 가지로 가장할 수 있지만,

이런 수고를 하는 것이 용감한지 어떤지

의심스러운 채로 내버려둔다. 나는 노력했다,

무기력 속에서 일찍 꺼져버리지 않도록.

für den Beitrag

No 129

Ho

204

모든 특출한 사람은
언젠가 한번은 취리히에 머물렀다

모든 특출한 사람은 언젠가 한번은 리마트강가의 맑고 아름답고 지혜로운 도시 취리히에 머물렀다. 그 탁월한 인물도 마찬가지다. 그 인물은 꽤 저명한 시인이었는데, 그는 이전처럼 극장이 은행 건물 옆에, 유흥 시설이 출판사 옆에 자리잡고 길거리에는 많은 사람들이 이리저리 바쁘게 다니는 수도에 머무는 대신, 지금은 여전히 그림처럼 아름다운 아내와 함께 어느 정도는 고독하게 자연 속에서 지내고 있었다. 이 고독한 작가의 출판인은 시간은 멈추지 않고서 흘러가고, 과거의 환상적인 업적은 점점 더 낡아가고, 매일매일 납득할 만한 좌절감과 함께 안락의자에 앉아 있다는 생각으로 고독하게 지내는 그 작가를 이따금 방문했다. 출판인 스스로도 확실히 더이상 청춘의 대변자 같지는 않았다. 그는 기이하게 황량한 경치를 바라보며, 한때 그물로 물고기를 잡듯 굉장한 수확이라 불렸던 이 사람에게 "우리는 어떤 변화를 보고 있는지"라고 말하면서 친밀하게 악수를 청했다. 그런 다음 그들은 조용한 방안에서 커피를 마시며 서로의 기억을 나누었다. "나는 한때 당신이 이룬 기적적인 성공이 더이상

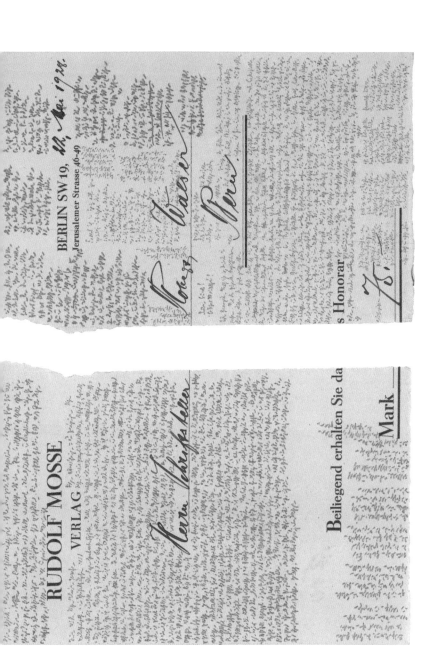

믿기지 않는다네"라고 출판인이 시인에게 말하자, 시인은 우울한 미소와 미소 어린 우울감을 감출 수 없다는 듯, 눈에 띄게 부드럽게 대답했다. "무명 시절의 나는 무명이나 다름없는 당신을 찾아갔지요. 당신은 나를, 나는 당신을 유명하게 만들었지요. 당신이 내게 그런 것처럼, 나는 당신에게, 대단했지요. 그런 일은 당신에게나 내게나 더이상 있을 수 없소. 우린 그 사실을 알고 있어요. 우리가 살고 있는 이 시대는 오로지 새롭고 알려지지 않은 시인과 또 그런 종류의 출판인을 원해요." 두 사람은 많은 의미를 담은 시선으로 서로 바라보며 서로 이해했고, 어떤 출판인과 어떤 작가가 엄청난 제비를, 미래의 행운의 숫자를 뽑게 될지 아무도 알 수 없다고 말하면서 유쾌해졌다. 수년 전에는 앞을 바라보던 사람들이 이제 뒤를 돌아보고, 앞을 바라보는 일은 기꺼이 혹은 어쩔 수 없이 지금 아이거나 아직 태어나지 않은 이들에게 넘겨준다. 소년은 종종 빨리 나이를 먹고 싶어하고, 노인들은 종종 젊어지고 싶어하지만, 각자는 자신에게 맞게 행동해야 할 뿐이다.

이제 또다시 짧은 산문

또다시 일탈과 가지뻗기인 이 짧은 산문, 아가씨의 작은 가방, 아가씨의 작은 구두굽. 여성들의 전시에 대한 이 산문은 기분 좋고, 편안하고, 교훈적이고, 즐겁게 읽힐까? 그 질문은 스스로 답변할 것이다. 엄청난 용기를 내어 마침내 완벽한 도서 전시용 책을 집필하는 대신 나는 계속해서 잘 다듬어진 손톱과 작은 손에 대해 쓰려고 하는데, 말하자면, 내게서는 가난하고 작은 문학밖에 생겨나지 않는다. 내가 최근에 상당히 성대한 역전 뷔페에서 누군가와 만났다는 것을 최대한 정중하게 보고하거나 말하면 나는 아마도 정중하지 않은 사람일 것이다. 나와 문학에 정통한 그 사람 사이에 짧은 대화가 진행되는 동안 그는 내게 악의 없이 신중하게, 뫼리가 그다지 잘 지내지 못한다고 털어놓았다. 뫼리는 일생 동안 자신이 부지런히 고찰한 범위 내에서 교양 있는 세계를 다양하게 즐기고 그 세계에 영향을 주었지만, 이제 나이가 들기 시작하자 우발적인 일들 앞에서 몸을 떨며, 염려에 가득 차서 자신의 보잘것없음이나 다양함과 중요함에 대해 보다 잘 알고 싶어한다는 것이다. 한 언덕 시인 혹은 산악 시인은 매일매일 더 보잘것없는 운을 맞추고 시를 쓴다고 그 친구는 내게 털어놓았는데, 나는 뭔가 영향을 주기를 바라는 마음으로 여기서 그의 수다를 털어놓는다. "이런저런 잡지는 어떻게 돼가오?" 하며 내가 약간은 고상한 듯한 신중함으로, 주저하면서 신뢰하는 친구라고 생각하는 그에게 묻자, 그는 내게 "형편없지요"라고 대답했다. 내가 이 우스꽝스러운 대답을 어느 면에서는 아주 기쁘게 여긴 것은, 우리는 어떤 일에 재빨리 질투심을 느끼고, 다른 사람이 운좋게 번창할 때보다 그 사람이 잘 지내지 못한다는 것을 알게 될 때 오히려 기뻐하기 때문이다. 솔직함이여, 너는 얼마나 위대하고 아름다운가! 나는 지금 대단히 솔직하고, 앞으로도 더 솔직하고 용감하게 남아 있기로 작정하지 않았는가? 이제 나는 뜨개질하고, 수를 놓고, 세탁하고, 바느질하고, 갈고, 닦고, 쓸고, 조립한 전시회에 가는데, 거기에는 여성들이, 예를 들면 케이크, 파스타, 스테이크 등을 만드는 부엌에서 일을 하는 것만큼이나 책을 집필하고, 소설을 쓰고, 편집일을 하는 모습을 보여준다. 신중하게 행해지고 보살펴진 가사일의 탁월함과 유용함에 대해서는 의심할 바가 없다. 우리는 간병인의 존재를 알게 되고, 그와 더불어 영원하다고 말해도 되는 여성(성)이 어떻게 가동되는지를 함께 살펴볼 기회를 얻는다. 이 전시회장의 구조는 꽃들로 장식되고 많은 종류의 식물로 우아하게 둘러싸인, 예쁘게 짜인 집들로 이루어진다. 여기서 그녀들은 점점 자라서 즐거운 얼굴로 학교에 가고, 저기서는 진지하면서도 수줍은 모습으로 수업에 들어가고, 다른 편에서 테니스를 친다. 그녀들은 자신의 위치와 호기심이 작동하는 바에 따라 때로는 봉사하고, 때로는 지배하며, 명령하거나 혹은 지시를 받기도 한다. 전시(장)에는 깃발이 내걸리고 국기가 달리면서 대단한 성공을 거두었는데, 여성보다, 그리고 여성과 관련된 것보다 더 현안의 일은 없기 때문이다. 최근에 예기치 않게 젊은 여성 두 명이 나를 찾아왔는데, 그들은 문학 분야에서 내가 보인 능력을 존경하는 사람이라고 자신들을 소개했다. 나는 그들에게 인정받는 대상이 되는 행운으로 나를 불행하게 만들기보다는 차라리 그들에게 내가 존경을 표하게 해달라고 부탁했다. 그리고 인정받는 것은 나를 어리석게 만든다고 덧붙였다. 그들은 내 말이 지혜롭다며 소리내어 웃었고, 나는 그녀들의 밝게 울리는 웃음소리가 예쁘다고 생각했다. 이것이 나의 스케치다.

나는 춤추는 것을 스스로 금한다

내가 스스로 춤추는 것을 금하는 이유는 솔직히 수줍음 때문이다. 더 정확히 말하자면, 나는 무도회가 있는 저녁에는 약간 주저하는 모습을 보이는 것이 좋다고 생각한다. 자기 안에 갇힌 자처럼 조용하고 고상하게 나는 그때까지 내가 한 번도 본 적이 없던 나 자신의 눈으로 만족스럽게 움직이는 모습들을 한참 동안 바라보다가, 그림처럼 의자에 앉아 있는 한 아름다운 여인에게 무심한 척하면서도 고상하게 흥분되었는데, 그녀는 자신이 앉은 의자를 내 시선에서 가릴 줄 알았다. 나는 그 의자를 각별히 인내심 있고, 너무 겸손해서 거의 사라질 듯한 시인으로 간주하면서, 주목하는 대상을 재빠르고 신속하게 흠모했다. 그런 다음에는 분명 내게서 유쾌한 기분을 쉽게 빼앗을 수 있을 것이라고 생각하는 종업원에게 가서 "당신은 내게 전혀 정중하게 행동하지 않는군요"라고 말했다. 춤은 프로그램에 맞추어 진행되었고, 그것은 사교계의 귀부인을 생각나게 했는데, 그 귀부인은 실제로는 이전에 어디선가 보았던 그림과 관련된 것으로, 그녀를 그린 그림으로 책의 표지를 장식하고 있었다. 그리고 한

214

신사가 자리를 떠나자 뒷사람도 더 머물지 않아 무도회장이 위기에 빠지자, 고독에 빠진 몇몇 신사들을 관찰하는 것도 허락해주었다. 무도회장에는 삶에서 약간의 즐거움을 누리기 위해 꼭 필요한 관계를 맺는 데 성공하지 못한 많은 사람들이 있었다. 자신의 무미건조한 삶과 그 속에 들어 있을지도 모를 옹색함 때문에 모두가 탁월하게 지내는 것이 가능하지는 않아서, 예를 들면 내 경우에는 교묘한 거만함으로, 균형을 맞추는 탁월한 높이에서 초조하게 버둥거리는 나의 체념을 짐짓 경쾌함을 가장한 채 바라본다. 사실을 보고하는 자에게 보고報告란 춤을 추는 듯한 성향을 가진다고 생각하는데, 그 자신은 춤추는 것을 바라보면서 그 앞에서 마치 한 파운드의 말린 과일이나 밀가루 혹은 설탕 포대처럼 쭈그린 채 꼼짝하지 않고 앉아 있어야 하거나 그렇게 앉아 있어도 무방했다. 공간을 비추는 조명 아래 그들은 번쩍거리며 눈에 띄기에는 지나치게 공손하다는 것이 강조될 수 있고, 자신을 중요하지 않게 여기는 태도가 스스로 마음에 들어서 "보시오. 우리가 여기 있소"라고 말하지 않고, 무례하게 굴지 않는다는 사실을 받아들였다. 사람들이 그들이 말하는 것을 보며 이따금 감동받았다고 느끼는 것을 그들은 예의바르다고 생각했고, 이런 종류의 예의바름은 그들에게는 충분해서, 음악은 그 어떤 귀에도 들리지 않는다고 생각한다. 당신들은 그것을 상상할 수 있는가? 내가 언급한 그 음악은 여기서는 들리는 것에 기여하는 것이 아니라, 오히려 육체성의 관계 맺음과 그것을 뭔가 단순한 것으로 만들 줄 아는 영혼의 빈곤화에 기여했다. 춤추는 이들은 행복하지 않을까, 그리고 사람들은 행복 속에서 오로지 단순함을 찾는데, 물론 이것을 절대로 고백하지 않지만, 허영심이란 뭔가 대단히 지적이지 않다는 것을 제대로 인정하지 않기 때문이다. 춤은 어쩌면 엄청난 지적인 무리로부터의 구원이다. 주지주의자인 나는 이것을 너무 잘 알지 않는가? 무도장 바닥에 대해서라면 그것은 미끄러지기에 충분히 반들거리고, 그 위에 발을 딛기에 지나치게 매끄럽다고 생각해도 좋다. 무난하다는 인상을 주는 활력과 함께 파트너가 된 여성 앞에서 몸을 굽혀 마음을 얻은 이가 나는 부러웠다. 그녀에게서 값진 우아함이 얼마나 사랑스럽게 향기를 발하는지 독자들은 충분히 쉽게 이해할 것이다. 우아함은 한 사람을 가식으로 유혹하고, 자연을 예술로 유혹하는데, 나는 여기에 춤을 추는 듯한 이 글에서 가장 사소한 것이라도 빼버리려는 자를 결코 부러워하지 않을 것이고, 무조건적으로 이 글에 동의하는 사람들에게 축하를 보낸다. 동의하는 것이 하나의 재산이라는 것을 나는 스스로 믿고 싶다. 하지만 이미 너무 늦었다. 나는 집으로 간다.

내가 쓰는 것은, 아마도 한 편의 동화일 거야

내가 쓰는 것은, 아마도 하나의 동화일 것이다. 어떤 사람은 인간이란 매일매일 더 문명화된다고 생각하는데, 그런 사람에게는 이 말이 특별히 마음에 들지 않을 것처럼 보였다. 나는 언젠가 한 화가에게 레버부르스트*를 가능한 한 사실적인 뉘앙스로 그려보라고 제안했던 것을 기억한다. 그에게 나의 제안이 도움이 되었는지 어떤지는 모르겠지만, 얼마 전 한 화가가 그림을 그릴 목적으로 어느 아늑한 마을에 정주하게 되었다는 사실은 알고 있다. 이 사람은 보기와는 달리 젊었을 때 야무지고 성실하게 수채화를 그렸다. 하지만 지금은, 말하자면 유화물감으로 작업을 한다. 그는 무엇보다 유화로 풍경화를 완성하려 했고, 그 말은 그에게 골목, 들판, 농토, 초원, 포도밭, 호수 등등이 뭔가 얼굴과 같은 것이라면, 얼굴 묘사가 눈앞에 어른거린다는 뜻이다. 예를 들면, 누군가가 초상화를 그리는 것을 선호한다면, 그런 노력은 이야기를 구술하는 것과 유사하다고 생각한다. 내가 여기서 말하

---

* 돼지나 소의 간을 넣어 만든 소시지.

der
Kalender 1927

enn Sie Wert darauf legen ihn sicher
n Zettel sofort ein. Der Kalender 1926
ein Neudruck wegen des langwierigen
öglichen ließ.   Die Vorräte in Buch=
g sein. Arbeiten Sie auch bitte durch
der Antike zu wecken und zu wahren.

---

n V e r l a g · M ü n c h e n N 23

Fragezettel

1. Am Inhalt des Tusculum=
   Kalenders 1926 vermisse ich:

2. An der Ausstattung des Tusculum=
   Kalenders 1926 vermisse ich:

225

는 예술가 혹은 색채시인*은 한번은 고독한 침대에 누워 예술가의 손으로 자기의 예술가 머리를 떠받치고 생각에 잠겼는데, 한동안 한숨을 내쉴 정도로 기분이 좋지 않았다. 모든 종류의 이야기에 불쾌한 순간들이 등장하는 것은 인생이란 환영할 만한 사건들의 연속으로만 이루어질 수 없기 때문이다. 그가 어렸을 때, 아주 현실적인 성향을 가진 그의 아버지는 이따금 걱정스러운 목소리로 항상 그림만 그리지는 말라고 그에게 충고했다. 그림 그리기는 시를 짓는 것과 비교될 수 있지 않을까? 드로잉은 음악의 영역에서는 거의 에튀드(연습곡) 혹은 소나타와 같은 것이리라. 그 밖에도 여기 이 이야기는 시대의 초상으로 전락하거나 합류될지도 모르는데, 지나치게 유머러스하거나 지나치게 진지하게 받아들이지 않기를 바란다. 세상이 점점 더 예술 이해나 그와 관련된 것에 관심을 보이는 것은 이제는 반박할 수 없는 사실이다. 다른 말로 하자면, 세상은 완전히 예술가처럼 되었다. 사무실 여직원이나 그 밖의 다른 여성들 두세 명 중 하나는 화가를 남자친구 혹은 애인으로 두고 있다. 그것에 따르면 얼마나 많은 사람들이 합쳐서 하나의 그림이 되었는지 측정

---

*   화가를 의미한다.

하기 어렵다. 이른바 창작하는 자들의 행동에 엄청난 관심을 보이는 세상에는 교육받은 혹은 적당히 교육받은 사람들이 우글거린다. 산책을 나가면 한 여성이 "그는 작품을 만들고자 애를 쓴답니다" 혹은 "그는 더이상 작품 활동을 하지 않아요"라고 걱정스럽게 말하거나 넘어가는 소리를 듣는 일이 적지 않다. 그것은 당연히 작업실에 상주하며 애를 쓰는 자를 의미한다. 농가의 소년들은 아담한 마을에 살림집처럼 작업실을 차려놓은 예술가에게 열심히 물으며 뒤쫓아간다. "그림 그릴 줄 아세요?" 그는 대답한다. "아니, 완전히 바라는 대로 그려지는 건 아니야. 난 약간의 어려움을 겪는 중이지." 이런 일이 여기저기서 똑같이 일어났다. 예술에 몰두하는 수백 명은 수백 군데의 장소에서 수백 가지로 채색된 상황에서 수백 가지, 다시 말해 다양한 방해 요소들과 싸우지만, 말하자면 그들의 제작 혹은 창작의 비약에서 좀처럼 앞으로 나아가지 못하는데, 단순히 재빨리 나아가기보다는 비상하고 싶어하는 곳에서 그러하다. 분명한 것은 문제와 싸우면서 이젤 앞에 서 있는 사람이나 자기 앞에 계획을 펼쳐놓고 전전긍긍하는 시인들이나 상황은 비슷하다는 것이다. 마을에는 예술의 정점에 도달하기를 원하는 예술가의 사랑스럽기 그지없는 아내가 있는데, 그녀가 오전 열시나 열한시쯤 식료품 가게에 들어서면 정중하지만 약간은 귀찮은, "당신 남편은 그림을 그리나요"라는 질문을 매번 받는다. 그녀는 대답한다. "예, 그래요, 그는 자신의 의무를 다하고 있어요. 지금 그는 데이지 꽃다발을 완성시키는 데 몰두해 있답니다. 이 스프 양념은 얼마가요? 제 남편 그림에 그려진 사물들이 얼마나 생생하게 보이는지, 그리고 그 꽃들을 꺾어서 화병에 옮긴 건 저 자신이라는 사실이 놀랍지요." 나이든 자와 젊은 자, 중요한 자와 중요하지 않은 자, 가난한 자와 부유한 자, 배운 자와 배우지 못한 자, 직업을 가진 자와 갖지 못한 자, 영향력이 있는 자와 그렇지 않은 자, 모두들 예술의 발전을 위해 노력하고 고민한다. 초등학생들조차 이 되어가는 자에게 시급히 전제되어야 할 것들을 알지 않은가. 소설 한 편이나 그림 한 점을 구성하기 위해 얼마나 넓고, 두텁게, 얼마나 오래 기본을 쌓아야 하는지 길 가는 하인조차 너무 잘 알고 있다. 창작하는 자들도 이에 관해 종종 스스로를 꾸미고, 가늠할 수 없이 깊은 우스꽝스러움 속에서 헤매고 있다는 것을 창작하지 않는 사람들은 머리카락 세듯 세밀하게 알고 있다. 그는 과거에는 대도시에서 그림을 그렸지만 지금은 마을에서 그림을 그린다. 그는 매일 산책을 한다. 그러면 사람들은 "저 친구는 작품을 하는 대신 산책을 하는구먼"이라고 말한다. 사람들은 그 사람을 도와주려 한다는 것을 보여주기 위해 그렇게 말했고, 마치 그 사람에 대해 책임이 있는 것처럼 느낀다. 화가는 이런 일이 일어나도록 말없이 내버려두고, 부드럽게 동의하듯 고개를 숙이고는 사방에 퍼져 있는 이런 생각에 놀라면서, 자기가 일을 그렇게 내버려둔다는 것에 대해 미소를 지었는데, 왜냐하면 자신의 이상을 위해, 예술을 위해 온전히 자신을 소진시키는 예술가들도 있기 때문이다. 원래는 그도 마찬가지로 그래야만 했다. 사람들은 그가 그렇게 하지 않는 것을 벌하듯 그를 쳐다보았다.

여행바구니 안 혹은 빨래바구니 안

내 침실에 놓인
여행바구니 혹은 빨래바구니 안에서
밤이면 헛기침 소리가 들린다.
그 안에 누가 누워 있는 것처럼
바구니 위에 누가 앉아 있는 것처럼
속삭이는 노예, 나의 잔인한
하인, 나 자신에 속하는
나의 확고한 결심. 나의 생각
그것은 나를 안다. 내게는 종종
내가 생각하는 것이
끔찍해 보이고, 나는
화강암 무덤과 같은 밤의 시간에서부터
그리고 불쌍하게 고통받는 많은 영혼 같은
으스스한 잠으로부터, 창백한 이미지를
관자놀이 주변으로 내동댕이치는
과거에서 나와서
내 삶의 아침에는 다시 즐거울 수 있으리.
나는 그 누구에게도 그가 나이기를

236

원치 않았다.

오로지 나만이 나를 견딜 수 있으니.

그렇게 많은 것을 알고, 그렇게 많은 것을 보았고,

그렇게 아무, 아무 할말이 없다는 것을.

미모사

빨강이 내게 입맞춤하고, 외침은
흰색이며, 나는 갈색으로 신뢰하며,
초록은 나를 졸리고
피곤한 아이로 만든다.
나는 많은 인상들을
사랑하고 저주한다.
나는 섬세하기 위해 너무 섬세해지고,
부드러움을 위해 고난을 받아들인다.
나는 아름답다고 여긴다. 숲속에서,
나무들 사이에서 그리고 사람들의
우글거림 속에서, 생각 없음의
비호를 받으며.
햇빛을 받으며
공허한 감각으로
한 얼굴에 매달려,
눈물과 즐거움을
부끄러워하거나
두려워하지 않을 때 나는 죽어 있다.

263

힘센 것이여, 왜 너는

내게 나타나지 않는가? 미모사가 고통받기 원한다는 것

을 알고 있구나.

자만 속에서, 자신을 제어하며

미모사는 흩어졌다. 높이 들어올려졌다가,

가라앉고, 하지만 꺾이고, 상처받고

자비를 얻는다.

내가 낙심하지 않는 한,

나는 탄식할 수밖에 없으리.

오로지 비웃음과 조롱을 위해

나는 살랑거리는 옷자락 아래

예리하게 벼린 단도를 숨기고,

심장이 꿰뚫린 채

그러나 상처도 없이

건드려지지 않은 채로 (-)손상을 입고

흔들리고, 살해를 갈망하고,

모든 소리 없는 관찰을 거부하는

나의 존재.

내가 말하는 것이 무엇인지 나는 채 알지 못하고,

단어들은 내게서 사자처럼

우리의 아가리에서 튀어나와

바라보고, 놀라고
제어하는 여성의 발밑에 엎드린다,
전율에 압도당한 채,
수줍음을 수줍어하고, 서투름과 미심쩍은 것이
존중받는 시간이 올 것이고,
힘센 자들은
약한 자들의 집 앞으로 나아가고,
승리한 자들은
자신들이 힘든 운명을 안겨준
정복당한 자들의
친절한 태도를 부러워하며 갈망한다.
행운이 없이는 그 누구도 존재할 수 없다.

부고

저녁 여섯시가 되어 오페라에 가려는데, 내게 정신적으로 상당히 부담을 주는 것은 지금 온 프랑스가 하나의 관棺을 놓고 애도하는 것으로, 그것은 지나칠 정도다. 아나톨 프랑스*가 세상을 떠났으니 지식인들은 이제부터 다른 작가들의 책을 다시는 읽으려 하지 않을 것이다. 위대한 망자의 관 앞에서 모든 지식인들은 좌절하고 부서지고, 나는 지금 오페라에 가려 하지만, 프랑스 국민들은 제정신이 아니다. 파리는 온통 절망에 빠진 몸짓을 한다. 모든 식당이 이 년 동안 문을 닫을 것이고, 이제 곧 여섯시가 되어가니, 나는 연미복을 입으려 하지만, 연미복이 한 벌도 없구나. 보다 나은 생각을 하는 사람들의 무리에 하나의 구멍이 생겼다. 이 위대한 민족이 지금 갑자기 대단히 가난해졌다는 것은 다행스럽다. 아나톨 프랑스는 더이상 존재하지 않는다. 손에 펜을 들고 돌아다니는 작가들의 대열 속에 죽음이 만들어놓은 이 커다란 구멍을

---

* 프랑스의 소설가이자 평론가로, 1921년 노벨문학상을 수상했다.

264

온 세상의 의자며, 시계며, 카나페*가 애도한다. 어떤 아나톨 프랑스도 더이상 돌아다니지 않는다. 오, 그것은 어리석다. 프랑스가 끔찍한 충격을 겪고 있다니. 그걸 보는 우리는 매우 즐겁다. 프랑스 정신의 모든 추종자들은 이 엄청난 사건 앞에 굳은 채 망자를 향해 서 있다. 아나톨 프랑스는 한 사람뿐인 터라, 이제는 더 남아 있지 않다. 아나톨 프랑스가 두 명이었다면, 둘 중 한 명은 아직 남아 있을 텐데. 아나톨 프랑스라고 불리는 모든 것은 그렇게 사라졌다. 그러나 우리 스스로를 위로하려는 것 또한 사실이 아닌 것은 아니다. 우리는 우리 자신도 조금 믿어보려 한다. 스스로 자제하고 이 끔찍한 분위기에서 벗어나려 한다. 삶은 위대한 사람들의 관 앞에 멈춰 서 있지 않는다. 나는 삶이 다시 일어서리라는 것을 믿는다. 당신은 그렇게 생각지 않는가?

---

* 빵이나 크래커에 치즈, 달걀 등을 얹은 애피타이저.

하얀 남자들

하얀 남자들이

밤 열두시에 내게서

사랑이 가득하고 사랑이 텅 빈,

배부르고, 목마른

영혼을 빼앗아 산속 빙하로 데려간다.

끔찍한 자들의

이빨에 물어뜯긴 채

하얀 남자들은 내게 그 영혼을 다시 가져다 심고

그것을 내 몸속에 집어넣는다.

사랑하는, 사랑하는 여인이여, 나를 한번 찾아주오!

나는 당신의 옷을 벗기고 싶소,

인류가 그들의 고통에서 벗어나려는 것처럼.

두려워 마오, 나는 비단결같이 부드러울 거요.

265

잔인한 관습, 윤리, 습관 등

감상에 빠지지 않은 채 관찰해보면 잔인한 관습, 윤리, 습관 등은 마치 신체적인 고통이 근본적으로는 그다지 나쁘지 않은 것처럼, 말하자면 순진한 것, 웃기는 것, 어쩌면 흡사 마네킹 같은 것을 내포한다. 나는 여러 난폭함, 예를 들면 중세시대에 게르만족과 슬라브족 사이의 싸움이나 전투에서 승자가 전혀 부러워할 가치가 없는 패배자에게 경의를 표하는 방식인 코 베기와 같은 난폭함에 대한 생각이 어떤 면에서는 내게 웃음을 자아내게 한다는 것을 고백한다. 수백 년 동안 인도의 미망인들은 죽은 남편의 고귀한 시체와 함께 산 채로 불태워진다는 사실이 뭔가 과장되고 우스꽝스럽게 보이는 게 나 한 사람뿐일까? 때로는 젊고 아름답기도 한 여성들이 마치 가여운 강아지나 고양이 혹은 비둘기나 참새처럼 흐느꼈을 가능성에 대해서는 의심의 여지가 없다. 과거의 종교재판이 종교적이고 윤리적 사안을 판단하는 데 어떤 정도의 가차없음과 엄격함을 보여주었는지는 조금이라도 교

V O M

Quaeris, quo iaceas post obitum

Οἷον εἰ κωμῳδὸν ἀπολύοι τῆς σκενῆς ὁ παρα
μέρη, ἀλλὰ τὰ τρία᾽. Καλῶς εἶπας· ἐν μέν
᾽Απιθι οὖν ἵλεως· καὶ γὰρ ὁ ἀπολύων ἵλεω

Τὸ ἀκαριαῖον οὖν τοῦτο τοῦ χρόνου κατὰ φ
ἐλαία πέπειρος γενομένη ἔπιπτεν εὐφημοῦσα
δένδρῳ.

Du frägst, an welchem Ort du nach dem Tod

Es ist, wie wenn der Schauspieler durch den
hat. „Aber ich habe nicht alle fünf Akte ge
aber im Leben machen schon drei Akte das
auch der dich entläßt, ist ohne Zorn.

Wir wollen unsere Zeit der Natur gemäß d
gewordene Olive fällt, indem sie die Erde
dankt, der sie genährt hat.

3

1	**2**	**3**
MONTAG	DIENSTAG	MITTWOCH
ALLERHEIL.	ALLERSEEL.	

O K T O B E R /

IISMUS

κόνις καὶ πάντα τὸ μηδέν,
ἔστι τὰ γείνομενα.

σπουδῆς.

ματα σύν-
τοῖς
ῶν
οι κόσμῳ φέρειν,
λὰ τρέψαντες ἔξω.

Pindar

t Staub und alles ist nichtig,
a kommt alles Gewordene her.   Anthologie

großer Mühe wert.   Q8⟨   Platon

Leiden den Menschen zu die Unsterblichen.
ragen, aber die Edlen, das Schöne nach außen
Pindar

7

NTAG

11	**12**	**13**
DONNERSTAG	FREITAG	SAMSTAG
M	B E	R

육받은 자라면 잘 알고 있다. 여기서 토르케마다 수사*나 그 밖에 탁월한 화가가 그린 대종교재판장이 자연스럽게 떠오르지 않는가? 그처럼 심판하고 판단을 내리는 자들 중에 많은 사람들은 이미 오래전부터 병이 들었거나 상당히 힘든 삶이 진행되는 동안, 그리고 상당히 고통스럽게 업무를 수행하는 동안, 그들 자신이 병들었다고 여기는 것을 피할 수 없었다. 상이한 민족이나 국민에게서, 상이한 시대에 나타난 잔인함의 역사에는 당연히 심각한 종류가 우세하다. 물에 빠뜨려 죽이는 것(익수형)은 수도 없이 많이 자행되었는데, 통찰력이 있는 사람들이라면 그렇게 죽이는 방식은 가벼운 것으로 부를 수 있다고 고백한다. 충분히 참는 것을 중시하는 사람들은 마치 생선이나 즙이 많은 육류처럼 프라이팬에서 천천히 굽거나 그을려서, 아주 조심스럽게 천국에 받아들여지도록 하는 것을 좋아한다. 그들이 프라이팬이나 열이 가해진 솥단지 안에 잘라놓은 얼굴들이란! 과거의 많은 불쌍한 죄인들처럼 얼굴을 찡그려야 하지 않도록 나를 지켜주소서. 그런 처형 방식에서 나오는 코를 막게 하는 냄새란 또 어떤가! 나는 아주 특이한 이런 연극이 주는 엄청난 인상에

---

* 스페인의 초대 종교재판장으로, 잔혹한 판결로 유명하다.

대해 의심하지 않는다. 사람들이 알고 있는 것처럼, 수많은 범죄자들의 사지는 그들을 묶는 데 어울리거나 꼭 필요하다고 여겨지는 바퀴나 아니면 쇠로 된 장비로 찢겼다. 그렇게 가혹한 처벌을 수행할 때 얼마나 많은 도덕적 용기가 전제되었을까. 대혁명기의 교수대는 이전의 처형 방식과 비교해보면 그 본질에 있어 인간적이라는 것을 곧바로 깨달을 수 있다. 신체적으로 온전히 건강한 몸을 톱으로 베거나 말뚝을 박는 것은 이미 유행이 지난 듯한데, 그것은 루터 시대, 그러니까 농민전쟁 때는 여기저기서 행해졌고, 이에 대해서는 잡지에 실린 그림들이 확인시켜줄 수 있다. 죄 지은 사람들을 톱으로 자를 때 그처럼 거친 명령 절차를 수행하는 사람은 커다란 톱니를 가진 나무톱을 사용했다. 한 사람을 톱질하기 위해서는 매번 힘세고 몸집 좋은 두 사람이 반드시 필요했는데, 그렇지 않으면 한눈에 봐도 어려운 이 일은 완수되기 어려웠다. 반쪽으로 잘려야 하는 장정을 두 개의 나무판자 사이에 단단히 묶었으리라는 것을 우리는 상상할 수 있다. 문명의 발전 과정 동안 무수한 사람들이 교수형에 처해졌는데, 그들은 그에 걸맞은 돈을 내고 이 절차를 요구했다. 상당수의 도둑들, 말하자면 정확한 사정을 알 수 없었던 평범한 사람들에게는 그냥 경고의 본보기로 손을 잘랐다. 눈을 멀게 한다든가 눈알을 찌르는 것은 오랫동안 매우 애호되었던 방법으로 보이고, 이 선택된 사람들에게, 꼭 그래야만 한다면, 물질적으로 보는 것과는 다른 식으로 빛을 보는 방법을 배울 수 있다는 것을 알려주기 위해서였다. 셰익스피어의 멋진 『리어왕』에 나오는 늙은 글로스터가 내가 방금 말한 것에 관한 탁월한 사례이지 않은가? 나는 어린 시절 고향집에서 책을 즐겨 읽었고, 그 결과 많은 책을 읽었는데, 아프리카에 노예무역이 아직도 존재했던 시절, 흑인 노예가 몸을 놀려 달아나려는 어리석고 단순한 욕망을 수포로 돌리는 최고의 수월한 방법으로 죽도록 채찍질을 하는 모습을 그린 것을 보고 읽었던 것을 아직 정확히 기억한다. 혹은 다른 사람들은 바닥에 몸을 길게 뻗고 있으면 사람들이 그 위에서 갈비뼈를 짓밟았다. 그들은 다 부서진 상태에서 남은 것을 하이에나가 남김없이 먹어치울 때까지 누워 있는 것이 허용되었다. 또다른 책에서는 노예들을 실은 원양선에서 경영자는 흑인 무리 속에 불만의 웅성거림이 생겨난 곳으로 조준도 하지 않은 채 총을 난사한다는 것을 읽고 보았다. 내가 여기서 말하고자 하는 것은 잔인함이 놀라울 정도로 세련되게 바뀌었다는 것이다. 잔인함에 대해 잘 알려진 작가 자허마조흐의 책에서 성의 여주인들은 오로지 자신을 경외하는 시녀들의 따귀를 부드럽고, 섬세하고, 지능적으로 때린다는 것을 알 수 있다. 우리의 관점과 행동 방식이 해마다, 혹은 매 순간마다 세련되고 평준화된다는 증거와 관해 당신에게 보여주었던 이 수행의 방에서 나는 정중하게 물러난다.

아마도 우리 시대를 가장 잘 특징짓는 것

우리 시대를 가장 잘 특징짓는 것은 오늘날의 노동자들이 스스로를 과소평가하도록 유혹을 받는다는 것이다. 그는 자신이 행한 것을 최소한으로도 평가하지 않고, 오로지 화려하고 즐거운 삶 속에서 아무것도 하지 않는 것만 경탄하고 부러워한다. 그는 단순히 무제한적으로 한가함을 구가할 수 있는 사람들만 쳐다본다. 노동자에게 노동이 매력적인 것이 아니라는 사실을 이해하게 만들었던 자는 그것이 반드시 말해지기를 원치는 않았는데, 그 이유는 아마도 전혀 조사되거나 확인될 수 없었기 때문이다. 많은 것들은 전적으로 자부심이 부족하다는 것에 원인이 있는데, 그 자부심에 따라 오늘날의 노동자들은 유익을 얻는 자와 전혀 얻지 못하는 자로 구분된다. 사람들은 그에게 돈이 있는 것만이 가치를 지닌다는, 부인할 수 없는 사실을 가르쳐줄 줄 알았다. 노동자는 사랑, 믿음, 정직함 등등에 대해서는 코웃음을 친다. 그는 왜 그렇게 되었을까? 왜냐하면 그에게는 인간은 나쁘다는 확신이 각인되어 있고, 수십 년 동안 온갖 수단에 의해 이 확신을 피하는 것은 대단히 치명적이라고 새겨져 있기 때

I R N E

at ipsis.

μερος · ἀλλ᾽ ὅταν ἄστρων
ρόμους ἕλικας
λλὰ παρ᾽ αὐτῷ
αι ἀμβροσίης.

m cognoscere causas
et inexorabile fatum
epitumque Acherontis avari.

h unterwirft.   Manilius

an, Gott zu erkennen.   Seneca

des Tages Geschöpf. Doch verfolg' ich
sie umkreisen den Pol,
Fuß: Zeus selber zur Seite
ahl dann von Ambrosia mich.   Anthologie

erkennen die Gründe der Dinge
und das unerbittliche Schicksal
das Toben des gierigen Hades.   Vergil

9

NTAG

23	**24**	**25**
DONNERSTAG	HEILIGER ABEND	1. WEIHN.- FEIERTAG

M   B   E   R

문이다. 노동자들은 완벽하게 스스로를 더이상 믿지 않기로 했다. 노동자에게는 모든 종류의 믿음이 뿌리째 뽑힌 것이다. 그는 자신의 노동을 오로지 필요악이라고만 보고 느낀다. 이에 대해 노동자 자신에게 책임이 있는가? 아마도 아닐 것이다. 사람들은 수십 년 동안 그가 오로지 먹고 마실 것, 말하자면 물질적인 것에만 관심을 갖게 만들어서, 그는 그것을 끔찍히 중요시하는 데 익숙해졌다. 오늘날의 노동자들에게는 어떤 신성함도 존재하지 않고, 그 결과 그 어떤 즐거운 것도 더는 존재하지 않는데, 그것은 그가 마음에서 나오는 즐거움을 알지 못하기 때문이고, 그에게 종교란 전혀 알지 못하는 것이어서 모든 종류의 개성이 결여되고, 그에게서 아주 사소한 희생도 기대할 수 없게 되었다고 말할 수 있다. 오늘날의 노동자는 그 구조에 있어 과시성으로까지 자라나지 못한 과시이다. 모든 노동자들에게는 출세지향주의자가 숨겨져 있다고 생각할 수 있다. 그에게는 하루의 성공만이 뭔가 인정할 만한 것이고, 초라하고 지저분하고 끔찍하고 조롱받을 만한 것은 성공하지 못한 것으로 간주된다. 유감스럽지만 나는 오늘날의 노동자를 결국 적나라한 이기주의와 지독한 근시안을 대변하기로 마음먹은 사람들이라고 부를 것이며, 이 같은 설명에다 그는 정치에 대한 권리를 가진 것 같다고 덧붙이려 하는데, 말하자면 눈에 띄게 몰락해가는 세계 흐름의 바퀴 혹은 메커니즘이 그를 정치속으로 몰아넣기 때문이다. 그를 비난하는 것은 정당하지 않다. 사람들은 그를 두려워할 어떤 동기도 갖지 못한다. 그는 정세에 무지하고, 수백만 가지로 일하는 세계시장의 노예이다. 수십 년 동안 그는 임금 노예라는 것 외에 무슨 말을 들어왔는가? 그는 자신이 가진 것을 알고, 그것에 따라 행동한다. 그에 대한 말이 필요하다면 나는 기꺼이 노동자들의 무리에 예외가 있다는 것을 인정한다. 나는 여기서 개인에 대해 말하는 것이 아니며, 오히려 물질적 측면에서 더 건강해졌지만 정신적 측면에서는 시간이 흐를수록 더 병들었다는 일반적인 상황을 말하는것이다. '살아 있는 시체'란 톨스토이의 용어를 그에게 적용시킬 수 있을까? 노동자는 인간 사회의 다른 구성원보다 더 나쁘다고 할 수 있는가? 말 그대로 성스럽지 못함은 우리 모두에게 적용되어야 할 것인가?

오, 어제 그녀는 우리 도시의 가장 유명한
카페에서 (······) 얼마나 웃어야 했는지

오, 어제 그녀는 우리 도시의 가장 유명한 카페에서 매우 진지하게 받아들여야 할 책에 대해 얼마나 웃어야 했는지. 내가 옆에서 쳐다보았을 때, 나는 그녀가 문학계에서 확실한 평판을 누리고 있는 이 책을 표면적으로는 매우 진지하지만, 깊은 내면에서는 오로지 재미 삼아 읽는다는 것을 알아차릴 수 있었다. "이 대담한 책의 작가는"이란 말이 갑자기 그녀의 섬세하고 잘 가꾸어진 입술 밖으로 튀어나왔는데, 내게는 아주 경박하게 들렸지만, 그녀가 한 말이 무겁고 우울하게 들려야 할 이유가 있겠는가? 그녀는 말하자면 정신분석이란 넓은 영역에 속하는 것에 흥미를 느낀다고 내게 말했다. 나는 에르나에게, 말하자면 약간은 정신분석가처럼 행동했고, 그녀가 근본적인 특성에 있어서는 아름답고, 아니 그보다는 예쁘지만, 동시에 냉정하다는 사실을 깨닫고 그녀가 아주 우아하게 웃는 것을 바람직하게 생각했다. 실제로 그녀는 나의 예술과 학문에 대해 관대해질 가능성에 대해 적잖이 두려워하는 듯했다. 나는 그녀를 에르나라고 불렀지만, 마찬가지로 마르타 혹은 마리라고 부를 수도 있었을 것이다.

V O M   K

In audaces non est audacia

Victoria nulla est
Quam quae confessos anim

Γλυκὺ δ' ἀπείρῳ πόλ
πεπειραμένων δέ τις
ταρβεῖ προσιόντα νιν
καρδίᾳ περισσῶς.

Vor Verwegenen schützt Verwegenheit nich

Es gibt keinen wahren Sieg als den, der auch
Niederlage eingestehen.

Süß ist der Krieg dem, der ihn nicht kennt; abe
wenn er heranzieht, im Herzen gewaltig.

2
SON

26	**27**	**28**
MONTAG	DIENSTAG	MITTWOCH
J	U	

어쨌거나 나는 상당히 문제적인, 비교적 난해하게 쓰인 책을 아주 성실하게, 정직하게, 솔직하게, 열렬하게 그리고 제대로 파악했다고 칭찬했다. "이 책은 120페이지예요"라고 그녀는 미소를 짓는 동시에 한숨을 쉬면서 "그리고 그의 어조가 내게는 특별히 편해 보이지 않네요"라고 말할 때, 입가에 가벼운 경멸의 빛이 떠올랐다. 내 편에서는, 그녀가 그때까지 말한 것과 관련해 여성 독자가 남성복을 입었는데, 그 옷이 그녀의 모습을 뭔가 멋지고 볼 만한 것으로 만든다고 덧붙였다. 그녀가 최근 서적 시장의 상품인 이 책을 읽는 동안, 한 손에 금속으로 장식된 화려한 채찍을 들고 있는 것이 세련되고 우아하게 보였다. 예리하고, 베는 듯하고, 휘파람 소리를 내는 이 도구는 그녀에게 위트 있고, 변덕스러운 여성 비평가의 모습과 인상을 부여했다. "어쨌거나 우리 부모님이 저를 생각할 때면 항상 나를 체칠리에라고 부르곤 했다는 것을 기억하세요"라고 그녀는 아주 단호하게 내게 말했다. 진실을 유보하지 않기 위해, 그리고 체칠리에의 승마용 채찍의 특성을 분석하기 위해, 이 문장들을 칭찬할 만한 주의력을 가지고 쫓아온 소중한 사람들에게 우리가 한 여성의 집을 방문중이었다는 것, 그리고 이 여성이 앞서 말한 대단히 유연한 이 채찍을 나와 동행한 여성에게 선물할 생각을 했다는 사실을 알려주어야겠다. 내가 체칠리에가 그것을 가지고 장난을 하는 것을 보고 있는 동안, 그녀가 딴짓을 하는 중에도 충분한 만족감을 보였던 것이 내 마음에 들었다. 어떤 여성이 거울을 사용하는 것을 보면 사람들은 그것에 정중하게 미소를 지을 의무가 있다는 문장을 쓴 사람은 체칠리에가 앞서 말한 책을 읽고 검토하는 것이 때로는 건성으로 한 페이지 한 페이지 넘기거나 흔들리도록 허공에 붙들고 있어서 그리 진지하게 여기지 않는다는 것을 알아차리는 것이 전혀 어렵지 않았고, 이 재주는 완벽하게 구사하는 속임수 같은 것이어서 거의 놀라울 지경이었다. "그녀는 요점에 충실한가?" 하고 나는 자문했다. 그녀는 "그 사람의 글은 고상하지 않고 조금 단순해 보이는군요. 차라리 단정하고 유연하게 써서 다중적이고 의문을 남기게 하는 편이 나았을 텐데요"라고 언급함으로써 내가 질문에 답변하는 어려움에서 빠져나오게 해주었다. "당신의 말은 나를 놀라게 하는군요"라고 나는 그녀에게 고백했는데, 그에 대해 그녀 편에서는 "저는 겉모습에 치중해서 피상적으로만 책을 읽었지요. 모든 작가들은 일종의 복장을 갖추고 있어요. 여기 이 사람은 볼품없이 입고 돌아다니는군요"라고 말해주었고, 이 말을 할 때 그녀는 마지막 페이지에 이르러, 말하자면 사려 깊은 사람들이나 그런 모습을 존중하는 사람들을 약간은 하찮게 놀랠 목적으로 불안하고 초조하며 지나치게 세속적이고 급하게 쓰인 논쟁문이나 안내책자가 아니라, 마치 기도서를 매만지듯 조심스럽게 책을 덮었다. 내가 어느 정도 잘 알고 있는 아가씨들 중에 부드러운 콧날을 가진 메타가 있는데, 나는 그녀와 함께 몇 차례 식자들의 모임에 간 적이 있었다. 그게 아니어도 메타와 체칠리에는 아는 사이지만, 여전히 눈에 띄게 서로가 공식적으로 대했다. 메타가 일종의 작가라는 사실을 내가 청자들에게 밝혀도 된다면, 그녀의 원고 중 하나의 내용을 부분적으로, 아니면 내가 적절하다고 여긴다면 전체적으로 알려주어도 될까? "나는 한동안 하녀였고, 그것으로 눈에 띄는 성공을 거두었다"라고 그녀는 수기나 회상의 어느 시점에 적고 있다. 내가 말하는 원고는 짧은 소설 같은 것에 해당한다. 그녀가 부드러운 제목을 붙여도 된다고 허락한다면, 그녀가 쓴 것을 소설이라는 재미있고 신뢰를 주는 장르로 밝히거나 출판해도 좋을까 하고 이 여성 작가에게 질문하자 그녀는 동의하듯 소리쳤다. "안 될 게 뭐예요? 엄청난 기쁨이죠, 제발요. 하지만 그렇다고 당신이 억지로 할 필요는 전혀 없어요." 나를 무척 기쁘게 했던 그 같은 직설적이고 신속한 반응

이 고마워서 나는 그녀에게 입을 맞추었고, 독자는 메타에게 사전에 어느 정도 보상을 해준 나의 수고에 대해 원하는 만큼 나를 부러워해도 좋다. 미리 얘기해두어야 할 것은 메타는 언제나 상당히 많은 책을 읽었고, 모든 종류의 읽은 것들을 자신의 문학으로 엮어낼 때, 그것은 실제로 높은, 말하자면 강한 개성이나 독특함을 구사하는 것이 당연해서, 그 개성에 동의한다고 밝혀줄 것을 나는 서둘러 당부하고 싶다. 일상생활에서와 마찬가지로 문화적 사안에서는 아주 많은 것이 선한 의도에 달려 있다. 어떤 유쾌한 경건함으로 기분이 좋을 때면 나는 교양적 관심에 관한 한 상반적인 것, 해결되지 않은 것, 일치하지 않은 것들이 서로 화해하는 것처럼 보인다고 생각한다. 이 여성 친구에게 말을 하도록 할 수 있다면, 나는 분명 기분이 좋아질 거라고 솔직히 말할 수 있다. 그녀를 처음 만난 이후로 그녀가 좀더 나이가 든 것은 당연한데, 그것은 우리 모두에게 낮과 밤과 한 주일 등등과 함께 일어나는 것으로, 그것을 나쁘게 여길 수는 없을 텐데, 그녀가 젊다고 쓰는 것은 내게는 물론 그다지 어려운 과제는 아니지만, 젊다는 것을 충분히 이해하지 못한 매우 심각한 위반이자 큰 잘못이 될 것이다. 그 과제는 내게는 쉬우면서도 난관이 많고 어려워 보인다. 이 분야에 관한 책들은 무수히 많지만 전혀 손대지 않은 채, 그러니까 권위가 손상되거나 읽히지도 않은 채 내 책상 위에 놓여 있다. 유용한 책을 읽는 것은 여러모로 아주 해롭고, 여기저기서 해로운 독서에 관해 알게 되는 것은 아주 유용한데, 나는 가능한 모든 기회에서 이익을 얻으려는 우리의 바람은 의도치 않게 어떤 식으로든 스스로 복수한다고 이를 설명하려 한다. 나는 가장 큰 즐거움을 주는 책이 가장 건강하고, 유용하고, 유익이 많은 책이라고 여기는데, 왜냐하면 즐거움은 우리를 기분 좋게 만들어주어서 가장 유용하기 때문이다. 그래서 말하자면 선량한 영혼을 가진 젊고, 건강하고, 붉게 미소 짓는 뺨을 가진 재능 있는, 몸치장을 잘한 사람은 최대한 아늑하게 가구를 갖추고, 기분 좋은 햇살로 채워진, 꽃다발로 장식된 방안에 앉아 있는데, 그 방은 어딘가에, 말하자면 현실이 허용한 어디엔가에 있고, 과거에 존재했던 가장 진정 어린 눈처럼 보이는, 어떤 것과도 비교할 수 없는 절대적인 고독 상태에서 이야기들을 읽었다고 그녀는 말하는데, 나는 그녀가 이 이야기를 하는 동안 자신의 균형감을 잃지 않기를 바라고, 경우에 따라서는 작은 교정이나 수정에 이의를 제기하지 않을 것임을 전제한다. 나는 젊은 뒷방 샌님의 이름이 에드가이기를 원한다. 그가 색채의 천국이자 형상의 천국인 거리를 보기 위해 자신이 읽고 있던 것을 성급히 내려놓고 방을 나가서 계단을 내려가는 모습에서 나는 그가 다행히도 대단히 겸손하고, 가장 가벼운 것에도 항시 열광한다는 것을 알 수 있다. "그는 사랑한다"라는 외침과 함께 내게는 정신적 작업의 기초가 놓인 것으로 보이는데, 이 정신적 작업은 책의 형태로는 약 120페이지에 해당해서, 위에서 언급한 체칠리에 양의 손에 들린 팸플릿과 비슷한 분량으로, 나는 우선 휴식을 취할 자리를 찾을 것이다. 있을 법하지 않은 일이여, 일어나서 움직여라.

내가 극장 상황에 관한 이 글을
전혀 서두르지 않는 것은

내가 극장 상황에 관한 이 글을 전혀 서두르지 않는 것은, 우선 태양이 수녀처럼 베일을 쓴 채 불안하고 다정하게 내 방으로 비쳐들어서 그것이 마치 내 것처럼 여겨지는데, 그것은 내가 우선 제때 정확하게 집세를 지불했기 때문이고, 둘째는 훌륭한 취향이란 면에서도 성급함이란 좋지 못한 것과 연결된 것처럼 보이고, 그 밖에도 어떤 것이 너무 시간에 맞춰 도착하면 내 눈에는 전혀 세련되게 보이지 않기 때문이다. 예를 들면, 저녁 만찬에 몇 분 늦게 나타나는 사람이 바빴다는 긍정적인 인상을 주는 이유가, 그가 마치 여기저기서 소프라노 가수에게 재빨리 상냥한 말을 건네거나, 아니면 따뜻하고 위트 있는 편지를 침착하게 써서 보내도록 했기 때문인 것처럼 말이다. 어릴 때부터 나는 극장에 대단한 흥미를 가졌다. 아직 소년 시절 혹은 도제 시절에 실러의 〈도적떼〉 순회공연이 나를 얼마나 열광시켰는지. 공원에서 혹은 침대 겸용 의자가 있는 방에서 검은 융단을 휘감은 아말리아가 무례한 프란츠 모어와 비중 면에서 얼마나 큰 차이가 있었는지도 나는 결코 잊지 못한다. 오늘날에도 나는 위의

328

작가가 무대는 도덕적 장치라고 한 말을 믿고 있는데, 이것은 내가 도덕을 뭔가 아주 생생한 것, 유용한 것, 흥미롭고 아름다운 것으로 여길수록 더욱 그렇다. 나는 도덕과 비도덕은 가깝다고 생각하고, 비도덕적인 것 또한 기꺼이, 쉽게 도덕적인 것이 될 수 있다고 말하고 싶은데, 이는 일종의 부도덕한 향수鄕愁와 뒤섞인 도덕적인 것이 있는 것처럼 보이는 것과 마찬가지다. 뭔가 황홀한 것 혹은 놀라운 것, 말하자면 레오폴츠크론성을 그린 삽화 하나가 내 손에 들어와 나를 행복하게 혹은 황홀하게 만들었는데, 그 성은 막스 라인하르트 감독에 의해 여름 별장으로 선택되었다. 나는 세상에서 가장 아름다운 성들에 대해 곁다리로 보고하지만, 저녁이면 자신의 완벽한 외모에 대한 집착으로 죽는 것마저 대수롭지 않게 여기는 매혹적인 아가씨들 같은 다른 많은 아름다운 것들은 비슷하게 비중 없이 다루어진다. 오, 사람이 오로지 사랑을 위해 죽어서 저세상으로 갈 수 있다면, 그러나 그것은 유감스럽게도 그리 쉬운 일은 아니다. 프리드리히 대제와 그의 시종이 주고받은 서신을 수록한 책을 다룬 한 신문 기사가 배우나 무희와 같은 존재에 대해 표현하는 자연스러운 방식은 나를 무척 기분 좋게 해주었다. 나이든 전설적인 프리츠는 어쩌면 질투심을 느꼈을지도 모를 극장의 부인이나 신사들에 대해 말할 때 그다지 부드럽게 표현하지는 않았는데, 그는 도취적인 갈채, 아름다운 의상, 유쾌한 변신의 가능성, 아름답고 즐거운 삶의 기회로 이루어진 그들의 낭만, 다시 말해 지극히 멋진 것을 제대로 즐기지 못했기 때문이다. 방치되었다는 기분으로 거리를 두면서 불만감에서 스스로를 교양 없어 보이도록 한 교양 있는 남성의 감수성. 오늘날 사람들은 연극 공연장의 위기에 대해 자주 읽고, 동시에 영화관에 이 위기의 책임이 있다고 말하지만, 나는 이에 대해 정중하게 반박하면서, 이의 없이 받아들이고 싶지는 않다. 여기서 나는 낭만에 대해 말하려 하고, 다음과 같이 피력하고자 한다. 연극 공연장이 시간이 흐르면서 어떤 마력, 일종의 광채를 상실하지 않았더라면, 영화관은 지금과 같은 인기를 얻지 못했을 것이다. 내 생각에는 차라리 예술과 교양에 대한 사회적 관심에 관한 전반적인 무감각에 대해 말해져야 할 것이고, 사람들이 내게 원인을 제시하라고 한다면, 나는 처음에는 당황해서 어렵다고 대답하겠지만, 이어서 연극 공연장이 삶의 소란함에 비해 혹은 소란함에 관해 너무 조용해졌다고 말하는 것이 맞을 것 같다는 생각을 하게 되는데, 어쩌면 완전히 틀렸을 수도 있는 이같은 증거를 제시하기 위한 방편으로, 한 카페 음악회에서 아주 부드럽고 나지막한 바이올린 연주에, 그런 기회에 결코 빠지지 않는 웅장한 음악에 보다 훨씬 강하게 이끌렸다는 것을 나는 기꺼이 고백하려 한다. 나는 개인적으로 극장에서는 충분히 예민하고 섬세하게, 충분히 조심스럽게 연기할 수 없다고 생각한다. 내게는 명백히 수줍은 연기가 아직 효과적인 것처럼 보인다. 한번은 한 여배우가 대단히 만족스럽게, 자신만만하게 등장했는데, 이 같은 '강함'이 내게는 곧바로 약함으로 보였고, 이 같은 적절함이 적절하지 않게, 이 확실함이 근본적인 불확실함 앞에서 저항하는 것처럼 보였던 것을 기억한다. 일반적으로 오늘날의 극장이 관객들에게 냉철함을 야기한다는 것은 반박하기 어렵지만, 극장에서의 열광을 원하는 다수의 관객은 냉철함을 갈망하게 된다. 한때 낭만의 숨결에 둘러싸여 있던, 동시에 향수로 덮여 있는 줄 알았던 모든 극장의 공간으로 단순한 이성이 들어오게 되었다. "우리 배우들은 관객 여러분들과 마찬가지로 대단히 예의바르고, 지혜롭고, 존경받을 만한데, 여러분들은 그것을 알고 계신가요?" 이것은 이성적인 판단에 따른 것으로, 한때 명성에 있어서나 독창성이란 모습으로 치장했던 무대의 인물들은 시민화되었고, 이 시민화는 유쾌하지 않은 결과라는 인식에 이르지 않았는가. 극장이 자신의 동료와 회원들의 예의바름으로 보다 높은 수준으로 올라섰다고 생각할 수도 있다. 그러나 이 같은 전제는 내가 최소한 극장에 관해 아는 한에서는, 다시 말해 낮은 수익성 때문에 한동안 문을 닫는 것이 좋지 않을까라는 문제에 직면한 극장에 대해 아는 한 착각인 것처럼 보인다. 남자배우와 여자배우들이 시립극장 같은 당당함이 묻어나는 얼굴로 주변을 거니는 동안, 관리본부가 예술가들의 자신감과 명예심에 대한 교육이 거의 숨막히는 악습으로 왜곡되어가는 것이 아닌가 조용히 질문하는 것은 당연해 보인다. 매표소는 극장이 채워지지 않기 때문에 지루해하고, 그런 다음 오페레타가 오페라를, 소극이 연극을 방해한다고 주장하는 사람들이 다시 나타난다. 그러나 사실 주류 사회가 오페라와 연극에 등을 돌리는 이유는 "거기서는 아무 일도 일어나지 않기 때문"으로, 달리 말하면 그곳에는 어떤 것도 살아 있는 것이 없기 때문이며, 그곳에서 예의바르게 앉아 있는 것은 생산적이지 않기 때문이며, 그곳에서는 독창성, 원래의 예술가성을 거의 느낄 수 없기 때문이며, 그곳에는 세련된 그 무엇이 차단되었기 때문이며, 그곳에서는 예술이 발랄하고 고상하고 즐겁기보다는 가르치려 들기 시작했기 때문이며, 그곳에서는 세상이 변하는 것처럼 다급한 목소리로

"당신들은 박수를 칠 의무가 있으며, 우리를 존경할 의무가 있어요"라고 외치는 것처럼 보이기 때문이다. 예술이 자신의 생존을 위해 불안해하는 동안 그들은 몇 배는 더 좋은 연기를 했는데, 사람들이 단순히 직업적으로 연기할 때, 연기가 부당함에 투쟁하는 결과가 아닐 때, 그 연기는 부족함을 가지는 것이다. 내 생각으로는 극장은 구성원들을 위한 권리와 함께 정신적으로 허약해졌기 때문에 위축되었다. 모든 사업에는 번영하든 그러지 못하든 매력을 발산하든 그러지 못하든 영혼이 있는데, 스스로 권리를 찾는 방법을 안다고 인정받는 영혼은, 나아가서는 부당함을 참아야 하는 영혼, 온갖 부당함에도 불구하고 행복과 불행에 대한 감각을 재차 바꾸어가며 관객에게 연극을 전달하면서 스스로를 고수하던 영혼만큼 그렇게 매력적이지 않다. 고통을 감내하는 자가 가장 성공적으로 연기하는데, 오로지 그 사람만이 연기가 무엇인지 제대로 체득했기 때문이다. 사회화된 혹은 법제화된 극장은 걱정을 끼치는 아이의 상태에서 빠져나오지 못할 것인데, 이는 그들 방식에 따른 법률이나 사회적인 보살핌은 모든 연기의 적敵이기 때문으로, 스스로를 망각한 여성만이 자신을 완전히 이용할 줄 알아서, 무대는 그녀에게 "너는 내 것이다"라고 말하고, 관객들에게는 표현할 수 없는 낯선 종류의 아름다움, 행복을 주는 운명적인 사람으로 각인된다. 연극이 지나치게 쉽게 파악된다면 배우는 관객과 너무 비슷해지지 않겠는가? 내가 여기서 뭔가 주목할 만한 것을 썼다고 믿어도 되겠는가?

이날 밤 나는 아무런 꿈도 꾸지 않았다

이날 밤 나는 아무런 꿈도 꾸지 않았다. 어제 나는 나를 포옹하는 것을 멋지다고 여기는 그녀에게 최대한 편하게 대했다. 그래, 어제 하루는 내게 뭔가 호의적이었다. 나는 나의 여동생을 다시 보았다. 내 아내였으면 좋았을 여인을 여동생이라 부르는 것은 아마도 옳지 않겠지. 우리는 장미 가로수길을 이리저리 산책했고, 그 산책길의 구조와 가볍고 소리없는 푸르름을 예찬하며 이리저리 산책하는 동안, 그녀는 자기는 원하기만 한다면 결혼을 할 수도 있을 거라고 아주 단순하게 내게 말했다. 마치 작은 창밖을 내다보는 것 같은 이 말에 담긴 암시를 나는 물론 놓치지 않았다. 이 기분 좋은 만남이 이루어지는 동안 황홀하고 무질서하게 배열된 잔디 위에 자라는 꽃들은 마음에 들었고, 겸손한 모습으로 우리에게 미소를 지었다. 모두는 아니지만 몇몇 나무들은 조화로운, 예의바른 보초 같은 모습으로 서 있었고, 나는 태양이 마치 사랑을 앓으며 동시에 그 사랑을 즐기는 수녀 같다는 것이 사실인지 어떤지 알지 못하겠다. "오, 사라지지 않는 소리없는 욕망의 새로운 시작이여" 하고 나는 외쳤고, 나의 동

SIMPLICISSIMUS

Illustrierte Wochenschrift

München, Datum des Poststempels
Friedrichstraße 18

Ew. Hochwohlgeboren,

wir haben von Ihrer Einsendung mit Interesse Kenntnis genommen, finden sie aber leider für unser Blatt nicht geeignet.

Mit Hochachtung

Die Redaktion des Simplicissimus

Den Einsendungen ist Rückporto (Briefgebühr) beizulegen.
Versand der Manuskripte als Drucksache nicht zulässig!

반자는 "사람들은 당신이 시인인 줄 어떻게 알아볼까요. 당신이 동의하든 아니든, 당신은 말 그대로 소설 주인공이에요"라고 말했다. "당신이 썼던 소설들은 그것이 얼마나 아름답든 당신 자신의 인물에 상반되지 않는 것 같군요." 이 말에 나는 순간 몹시 슬퍼지는 것을 느꼈다. 내 옆에서 걸어가는 그녀가 이런 기분을 알아차리지 못하도록 나는 그녀의 손을 매만졌다. "식사하러 오시겠어요?"라고 그녀는 내게 물었다. 나는 약소하지만 여전히 받아들일 만한 이 제안을 받아들였다. 때는 저녁이었다. 그날 아침 나는 일찍 일어났다. 거리는 아직 조용했다. 나무들은 놀라서 서로를 쳐다보는 듯했다. 나 자신도 약간은 놀란 것 같았다. 이 페이지의 처음에 언급했던 이 여인이 알려주는 바에 따라 나는 그녀가 밤새 자기 집 문들을 열어둔다는 것을 알았다. 이런 사고방식에 들어 있는 어떤 세련됨이 내가 대문을 관찰하는 것을 금지시켰다. 나는 사물들이 내게 어떻게 주어졌는지, 그것이 나와 무슨 관련이 있는지 그 상황을 받아들이고, 나의 생각보다는 오히려 내 행동을 더 신뢰한다. 그러니까 나는 그녀의 집이 열려 있는 것을 발견하고 안으로 들어갔다. 혼자 이 집에 살면서 이 집을 자기가 원하는 대로 할 수 있는 그녀는 아직 자고 있는 듯, 모든 것이 아직도 조용한 집의 우체

통에서 나는 조간신문을 꺼내 읽었다. 나의 내면에서는 나 자신에 대한 적지 않은 비난이 일어났다. 나를 오도록 만든 그녀의 말에 따랐고, 그렇게 하는 동안 나는 스스로의 원칙에 복종했는데, 그 원칙은 내게 원칙 없음을 허락하는 것이었다. 여성들의 소망은 삶 자체의 소망이고, 우리가 후자를 성취하기 위해 노력한다면 우리는 교양 있는 것으로 들어설 수밖에 없고, 교양은 자체 속에 최고의 원칙을 담고 있지 않은가? 갑자기 나는 그녀가 실내화를 신고 계단을 내려오는 소리를 들었다. 나는 아직도 정리되지 않은, 다시 말해 일반적으로는 어울리지 않는 방문 시간에 이 방 안에 있는 나 자신에 대해 속으로 웃었다. 그녀는 나를 보자 깜짝 놀랐다. 그녀는 그럴 수밖에 없었고, 그것이 얼마간은 내 눈에 띄었지만, 나는 그것이 당연하다고 생각했다. 그리고 그녀는 즉각 나를 껴안았다. 그녀는 자신이 보호를 필요로 하는 것처럼 상상했고, 심한 정도는 아니지만 실제로 그렇기도 했다. 나는 그녀의 상태가 아주 좋고, 그녀는 불평할 이유가 별로 없다는 것 등을 이미 파악했다. 그러나 여성에게는 누군가가 자기 꽁무니를 쫓아온다고 스스로 믿는 것이 일종의 즐거움을 주고, 나로 말하자면 나는 이 상상력을 존중하고, 그녀가 자신을 위해 우리에게 요구하는 환상에 동의하며, 우리 자신의 것이 아닌 착각들을 사랑한다고, 어쨌거나 별 이의 없이 용서해준다고 생각한다. 그래서 나는 포옹을 하거나, 뺨을 마주 대는 것이 그 자체로는 인간적으로 아름다운 것이라고 말하려 하는데, 형제애, 일체감이 거기서 나오기 때문이고, 그럴 만한 가치가 있는 그림이기 때문이다. 그녀는 나를 껴안았고 나는 그녀를 껴안았는데, 그 자체는 내게는 잘못으로 보이지 않았고, 잘못을 보지 않는 곳에서 나는 그 어떤 거부도 행하지 않았다. "아침식사 하실래요?" 나는 "그러지요"라고 대답했다. 사실은 아침식사에 대한 욕구가 무척 컸다. 내가 내뱉은 이 한마디가 내 생각에는 조금 천박하게 들리긴 했지만, 나는 배가 고팠다. 식욕은 더 친절하고, 더 상냥하고, 더 어울리는 소리를 냈다. 그녀가 부엌으로 갈 때 나는 그녀가 양말을 신지 않은 것을 보았다. 그녀는 서둘러 침대에서 일어났고, 옷차림을 완벽하게 갖출 시간이 없었으며, 나는 그녀의 모습을 이해했다. 나지막한 찬장 옆에 담뱃갑과 금으로 된 남자 시계가 나란히 놓여 있었다. 나는 신문을 읽었고, 얼마 뒤 아침식사가 나왔으며, 내게는 모든 것이 맛있었다고 나는 말할 수 있다. "내가 어디까지 당신을 믿어도 되는지 말해주세요. 나는 그것을 알아야만 해요. 나는 확실치 않은 것에 대해서는 화가 나요. 나는 간밤에 잠을 잘 잤어요. 당신이 나를 사랑하는지, 얼마나 사랑하는지, 몹시, 아낌없이 사랑하나요? 말해보세요." 그녀는 내게 질문했다. "정신적인 문제로 당신 자신과 나를 괴롭히는 대신 차라리 나를 안아주오" 하고 나는 몸을 던졌다. 나는 생각도 하지 않고, 실제로 말한 것이 입 밖으로 나오게 내버려두었다. 오, 그것은 어떤 효과를 가져왔는가! 당신들이 그것을 경험했어야 하는데. 나는 그렇게 테이블에 앉아 아주 심각하게 아침식사를 했고, 내가 찾아낸 사랑스러운 해결책을 위해 그녀는 아주 행복하게 내 품에 올라왔다. 우리 두 사람에게서 모든 갈등은 사라진 것처럼 보였고, 이 생각 없는 말이 사려 깊은 내게 준 효과가 우리를 해방시키는 듯했다. "당신에 대한 나의 만족감은 말로 표현할 수 없어요"라고 그녀는 속삭였다. 이 기분 좋은 말에 이어 그녀는 나의 첫번째 키스를 얻었을까? 아니다, 전혀 그렇지 않다. 대략 여든일곱번째 키스다. 나는 물론 정확히 밝힐 수는 없다. "귀부인께서는 이제 자신을 치장하러 가는 것이 어울릴 것 같다는 내 생각에 동의하시는지요"라고 나는 당연하듯 말했는데, 누군가가 그 말을 들었다면 놀랐을 테지만 그 자리에는 아무도 없었다. "당신은 그사이 새로운 글 한 편을 쓰세요. 기다려보세요. 내가 종이와 필기도구를 가져다줄게요"라고 말하면서 그녀는 곧바로 일어나 그것을 갖다주고는 멀어졌지만, 나는 글을 쓰기 위해, 다시 말해 정신적인 작업을 하기 위해 테이블에 앉는 대신 차라리 정원으로 나갔는데, 해가 비치는 오전의 그곳은 내게 유혹적으로 보였고, 내가 그 정원을 존중하고 사랑한 것은 그것이 내 앞에 너무도 화려하게 놓여 있었기 때문이었다. 나는 이제 독특한, 그리고 충분히 이해할 만한 고백을 하려 한다. 내가 나 자신의 신체적인 유연함을 기뻐하며 정원에 서 있을 때, 나 자신이 마치 이 정원과 집의 소유자인 것처럼 여겨졌다. 내가 다른 사람의 환상을 지켜준다면 당연히 나의 환상에 대해서도 너무 많이 노출해서는 안 된다고 생각한다. "아, 그렇지. 꽃다발 하나를 만들 수 있겠네"라고 나는 갑자기 큰 소리로 외칠 뻔했다. 나는 그렇게 말하고 그렇게 행동했다. 그래서 나는 정원에서 꽃으로 보이는 것을 모았고, 충분히 꺾었다고 생각했을 때 안으로 들어가서 꺾은 것들을 어울릴 듯한 화병에 되도록 조심스럽게 꽂았다. 나는 항상 그렇게 꽃들을 모으는데, 그것들은 하나가 된 상태에서는 다른 것 옆에서 어떤 형태나 어떤 색깔도 부족하지 않은 듯하고, 스스로를 보여줄 많은 기회를 가지는 것 같았다. 나는 어떤 꽃 한 송이가 지나치게 두드러지는 것을 허용하지 않는 반면, 각각의 꽃에게 모두 겸손한 자리를 허용했다. 각자 모습들은 자신의 삶을 즐거워하지만, 옆에 있는 것들도 똑같은 것을 할 수 있는 상황이란 의미에서 그렇게 할 필요가 있다고 나는 스스로에게 말했다. 당신들은 내가 꽃다발을 만들고 완성시키는 것을 봐야 한다. 나는 이런 종류의 일에서는 마치 작은 천재와 같다. 이런 일에 아주 탁월한 재주를 가지고 있는 것이다. 내 손은 그처럼 부드러운 일을 하는 동안 사제司祭가 된다. 그 여성이 다시 내게로 왔을 때 첫번째로 한 말은 "당신은 나를 선동하고 그럼에도……" "무슨 말을 하고 싶은가요? 당신은 중요한 말을 하다가 마는군요." 다시 긴 포옹이 시작되었고, 그것은 점심식사를 위해 뭘 사러 가는 것이 좋을지라는 물음으로 끝이 났다. "당신은 뭘 썼나요?"라는 질문이 던져졌다. "흠모받아 마땅할 당신에 대한 달콤하고 고상한 생각으로 가득한 머리로 어떻게 글을 쓸 수 있단 말이오?" 그녀는 나를 비난할 용기가 없었고, 뭔가 변할 수도 있던 모든 상황들은 균형을 잡은 듯이 보였다. "오후에 나는 한 여자 친지의 집에 갈 거고, 내일은 온 집안이 손님으로 가득할 거예요. 물론 당신은 뭔가 다르긴 하지만, 당연히 내일 우리집에 와도 돼요. 당신은 쉽게 이해해주겠지요." 나는 그녀 앞에 몸을 숙였다. 책상 위에서 나는 류트를

든 지나간 시대의 여성을 그린 그림 하나를 발견했다. 그러니까 그것은 아마도 아침이었던 모양이다. 저녁 모임에 대해 나는 이미 글을 쓴 적이 있었다. 나는 어느 서민적인 신문에 글 한 편을 써야 하는데, 물론 진실한 방식이어야 했다. 그녀는 내게 돈을 주면서 "찬사의 표시로 이걸 받으세요. 나는 당신이 돈이 많은 걸 보고 싶어요"라는 말과 함께 수없이 나를 포옹했다. 나는 그 순간 묘한 뉘앙스를 풍기며 돈을 집어넣었다. 나 스스로 그것을 알아차리지는 못했다. 그것은 마치 저절로 일어난 일처럼 주머니 속으로 들어갔다. 많지는 않았지만 그 얼마 되지 않은 돈이 나를 기쁘게 했다. 그 밖에도 그녀는 그림을 그릴 줄 아는 것처럼 보였다. 그녀는 내게 자기 그림을 보여주었다. 내가 그녀에게 그걸 청하려 했다. 그러나 그녀는 자기 생각으로 내게 그것을 보여준 것이다. 나는 여기저기서 그녀를 고문하고* 동시에 나 자신을 간과해서도 안 되었다. 나는 산만해지는 재주를 가졌지만, 즉시 생각에 잠기는 엄청난 욕구 또한 가지고 있다. 내가 이 모든 일이 일어나게 하기 위해 아주아주 가난해지는 것을 갈망했다고 생각해야 할까? 개성을 발휘할 수 없는 반쯤 죽

---

* 원문에서 '고문하다(foltere)'인지 확실히 해독할 수 없음.(원문 편집자)

은 상태에서 내가 나의 개성을 그렇게 무시하는 것처럼, 나는 얼마나 자주 나 자신에 저항해야 했던가? 진짜로 다 급할 정도로 가난하다면, 나는 비로소 살아가는 것을 시 작할 수 있을까? 궁핍이 없이는 나는 죽은 것인가? 하지 만 내가 여기서 어떻게 철학을 할 수 있는가? 재빨리 여 기서 빠져나가자. 우선 산책을 하거나 시작한 책 읽기를 끝낼 수 있을 것이다. 나는 여기 써놓은 것을 노벨레라고 부르겠다.

오래 생각할 것 없이 나는 그를 올리비오라고 부른다

그다지 쓸모없는 그에게 나는 오래 생각할 것도 없이 올리비오라는 이름을 붙이기로 한다. 당시 그는 분대에서 가장 명랑한 편이었다. 그 밖에도 사람들은 그의 쓸모없음의 유형에 대해 논쟁할 수 있을 것이다. 동화적인 방식을 취하려고 나는 이 올리비오가 얼마간의 어리석은 영리함과 지나치게 똑똑한 어리석음을 지녔다고 말하려고 하는데, 이 말은 원래 어떤 사람에게서 어디서 지능이 멈추고, 어디서 어리석음이 시작되는지를 정확히 알 수 없을 때 모든 사람에게 할 수 있는 말이다. 보는 것과 눈이 먼 것은 함께 속하고, 마찬가지로 계몽이란 열려 있거나 닫혀 있는 이성의 문이기 때문에, 나는 그 올리비오의 크기가 솔방울만하거나 뜨개바늘과 비슷하다고 대담하게 말하려 한다. 후자의 경우라면 사람들은 그의 날씬함을 의심하지 않을 것이다. 어느 날 그는 전혀 눈에 띄지 않는 모습을 하고 여행을 떠났는데, 여행의 목적지는 그가 갈망하는 여인이었다. 갈망과 관련하여 그 소인小人은 간단히 말해 뭔가 중요하다고 할 만한 것을 행했다. 그 아름답고 거대한 존재는 지극히 편안하게 풀밭 혹은 녹색

K U L

Quae regio in terris nostri non plena laboris

Fortunae miseras auximus arte vias.

Inter causas malorum nostrorum est, quod v

Welche Gegend auf Erden ist nicht erfüllt

Die Unglückswege des Schicksals haben wir

Zu den Ursachen unserer schlimmen Zustände

397

2

SON

21	**22**	**23**
MONTAG	DIENSTAG	MITTWOCH

J U

양탄자 위에 길게 몸을 뻗고 누워 있어서, 힘든 야행이 앞에 놓인 이 세계에서 높이 도달하기 위해서는 올리비오에게는 첫번째 등반 구간이 우선 중요했다. 밧줄과 사다리의 도움을 받아 올리비오는 자신의 영혼이 갈망하는 여성의 발 위에 올라갔다. 장밋빛으로 반짝이는 골짜기를 지나가는 것은 기이한 무엇을 만들어냈고, 이제 멀리 바라보이는 얼굴 앞에는 나란히 놓인 거대한 기둥들이 펼쳐졌다. 에둘러 말하지 않고 그것은 그녀의 다리라고 말하는 것이 예의에 어긋나지 않길 바라고, 그것이 제대로 맞아떨어졌다는 것은 예외적이었다. 그렇게 불러도 된다면, 이 두 개의 멋진 막대기는 자연스러운 차이에도 불구하고 아주 비밀스러운, 탁월한 유사성을 지니고 있었다. 어떤 것도 허락하지 않고 모든 것을 허락하기 위해, 주어진 규범의 한계를 벗어나지 않은 채 규범에서 벗어남을 느끼게 하기 위해, 그것들을 창조하는 데 그렇게 자유롭고 그렇게 엄격할 수 있는 것은 오로지 자연뿐일까? 이 방랑자는 어쩌면 자유로운 공기를 즐기며 이따금 노래도 한 곡조 부르고, 등산용 지팡이를 흔들면서 문제시되었던 구간을 뒤로한 채 곧장 올라가기 시작한 산 앞에 서 있었고, 그 위에서 그는 지금까지의 힘듦에 걸맞은 휴식을 취했다. 올리비오는 이제 막 낮잠에서 깨어나려는 중이어서 자신을 찾아온 방문자에 대해서는 전혀 알아차리지 못하는 여인의 두 무릎 중 하나에 서 있거나 앉아 있었다. 독자들에게 반드시 필요한 정보를 주기 위해 강조하자면, 그녀의 코는 올리비오의 모습과 비교하면 하나의 산맥과 비슷했다. 그러나 그는 이제 점점 더 나아갔다. 여러 날이 지나갔다. 검은 소리와 비교될 수 있는 밤들은 좌절을 극복한 자의 머리 위로 퍼져갔고, 그가 일어나는 대로 여기저기서 자신의 식욕을 만족시키면서 겉보기에는 엄청난 높이에 막 도달했을 때, 그 광경은 그의 부드러운 마음속에 의구심의 바다를 낳았는데, 그 바닷속에는 깊고 깊은 동경이 완벽히 유머러스한 형태로 간직되어 있었다. 사람들은, 이때 나는 특별히 교양 있는 사람들을 말하는데, 예나 지금이나 아니면 이전보다 더 좋거나 더 많이, 유머를 뭔가 무망한 것, 유혹적인 것으로 간주하곤 한다. 그렇다고 사람들이 항상 그것을 예술적으로 느끼는 것은 아니다. 그것은 단순히 부차적으로, 그렇게 말함으로써 이 글을 쓰는 사람이 여기서 오로지 허튼짓을 한다고 여겨지지는 않을 것이다. 엄청난 높이를 올라가는 일은 올리비오에게 온 힘을 다하기를 요구했다. 높이 올라갈수록 그 어떤 강제성 없이 빛을 발하는 그의 갈망은 커져갔다. 우리 시대에는 사랑하는 사람을 향한 갈망 때문에 살인적일 정도로 가혹한 의무를 다하는 사람들이 있다. 하지만 올리비오의 갈망은 모든 의무적인 것에서 전적으로 자유롭다. 그는 마음속의 여성을 즐겁게 갈망하지만 그것이 의무에 속하기 때문은 아니다. 그는 이제 눈앞에 일종의 분지가 펼쳐지는 것을 보고 놀라워하는데, 그 분지는 완만한 하강으로 이어지고, 그는 그 시작점에서 한동안 즐거우면서도 생각에 잠겨 아래를 내려다보았다. 그가 잠시 후 이 독특한 탐구에서 자신을 되찾았을 때, 그는 확실하게 그것이 자신을 계속해서 충동질한다는 것을 알아차리고, 자신의 아름다운 욕구에 굴복하며 얼마간의 시간이 흐른 후에는 지금까지 경험했던 것보다 더 새롭고 더 높은 산 앞에 서 있었다. 그러나 아직 한 번도 겪지 못한 어려움도 그는 침착하고 활기차게 극복하며 나아갔다. 이제 그는 쉬고 있는 여성의 높이 솟은 젖가슴으로 황홀하게 수직으로 올라갔고, 그렇게 해서 금시초문의 풍요로운 전망대에 도달했다. 그리고 거기서 획득한 위치에서 주변을 장식하는 형상들을 자랑스럽게 내려다보았다. 물론 그 같은 고상함 가운데서도 공기는 차가웠지만, 올리비오는 자신의 최대한 솔직한 열망의 열 저장고에서 충분한 열기를 꺼냈는데, 그 열망은 그에게는 전혀 인위적이지 않고, 모든 점에서 자연스러웠다. 다시 이야기를 이어가자면, 그는 저 멀리 사로잡는 듯 아름답고 넓고 구릉진 땅을 바라보았는데, 그 땅은 비록 열에 들떠서는 아니더라도 밤이고 낮이고 그리워했던 그 여성의 얼굴로 이루어져 있었다. 지나치게 깊고 진지한 것들은 그의 자유로운 천성의 삶에는 낯설었다. 그녀의 눈은 마치 푸르게 미소 짓는 두 개의 호수처럼 그를 향해 반짝였다. 이 한 가지 사실만으로도 완벽한 행운을 한 번도 느껴본 적이 없었던 그에게는 행운이었음이 분명했고, 그렇게 해서 그의 감정은 계속해서 활기찼고, 자기 자신을 대상으로부터 몰아내지 않게 했다. 첩첩이 솟아 있는 바위 성벽에서 하강하는 것은 하나의 성공을 의미했고, 그는 무수한 노력 끝에 놀이하듯 성공하기에 이르렀는데, 이 여행에 대한 나의 기록은 힘과 기술들과 솜씨가 마치 내가 어깨 위에 걸치고 있는, 자기를 통제하기 위해 반드시 졸라맬 필요가 없는 값비싸고 귀한 의상과도 같이 빛을 발하는 듯하다. 올리비오는 사람들이 기이하다고 부르는 이 모든 체험을 하는 동안 항상 혼자였다. 혼자일 때 갈망이 가장 잘 자라거나 성장하지 않는다면, 혼자인 상태는 그런 상황에서 생각해낼 수 있는 가장 탁월한 놀이를 만들어내지 않는가? 오직 한 가지만을 계속해서 진심으로 갈망하는 그는 즐거움이나 산만함으로 인한 그 어떤 사소한 당혹감에도 빠지지 않았다. 그는 항상 그녀의 사랑스럽고 섬세하고 속삭이는 목소리를 들었고, 그녀는 그에게 항상 가깝고도 멀었으며, 바로 붙잡을 수 있을 것 같기도 하지만 결코 도달할 수 없었다. 그녀는 그 속에서 노래했고 먹고 놀이하고 걷고 춤추고 잠을 잤다. 그는 그녀의 웃음소리에 웃었고 그녀의 한숨에 한숨 쉬었다. 그는 그것이 그녀의 기쁨이기 때문에 기뻐했는데, 자신의 즐거움이 아니라 그의 원초적 즐거움인 양 즐거워했지만 이는 그녀를 갈망하는 그의 존재는 그녀의 존재 속에서만 피어나고, 그가 그녀의 존재를 자기의 것으로 만들었기 때문이다. 그가 그렇게 하는 것이 허용되는가? 이것이 우스꽝스러운 질문인 이유는 저 갈망은 분명 그 자신의 갈망이기 때문이다. 간과해서는 안 될 것은, 때때로 피로감이 그를 압도할 때 그는 이끼 속의 아늑한 장소에 자신의 몸을 눕혔고, 방해받지 않는 잠은 갈망했던 것을 또다시 새롭고 신선하게 갈망하기 위해 그가 사용하고 필요로 하는 힘을 부여해주었다는 점이다. 나는 전혀 꿈쩍하지 않는 바윗덩어리같이 확고하게 이 산문의 질적인 면을 믿고 있다. 그 밖에도 나의 사고방식은 항상 어느 정도 휘어질 수 있는 부드러움을 지닌다. 예를 들어, 나는 사랑과 그리움이 동일한가라는 질문을 던지고, 그 질문에 대해 전혀 아니라고 대답한다. 사람들은 사랑하는 대상을 조금도 그리워하지 않은 채 사랑할 수 있다. 사랑이란 소유이고, 완벽한 채워짐이고 즐거움이고 이상적인 만족 상태라면, 그리움은 단순한 사랑으로 만족할 수 없고 대상을 소유하지 않는다. 올리비오에 대해 말하자면 그는 한편으로는 진실되고 강하게 사랑할 만큼 충분히 지혜롭고, 다른 한편으로는 그리움의 어리석음에 대해서도 안다고 할 수 있는데, 그것은 의심할 바 없이 섬세하고 아름다운 어리석음, 말하자면 세련된 사람의 어리석음, 지혜로운 자의 지혜롭지 못함, 가벼운 만큼 강하면서 신뢰할 수 없거나 동요한다고 느낄 수 있는 감성적인 사람이 지닌 납득할 만하고 용서할 수 있는 약점이다. 산행이나 그가 사랑했던 여성을 갈망하는 동안 그의 속도는 비교적 느렸는데, 그는 자신의 느림을 마치 하나의 멜로디처럼 즐겼다. 내 생각으로는 걷거나 살아가거나 글을 쓰는 일 등의 속도는 매우 중요하고, 나는 하나의 운명을 가진 원고들이 있다는 것, 또한 그 원고가 쓰인 분야에는 특별한 가치를 지니지 못한 것이 나올 수 있다고 생각한다. 그는 이제 그녀 목의 피부에 도달했고, 부풀어 있고 환호하는 진주 모양을 한 이 장애물을 넘어야 했다. 턱으로 올라가는 일은 특별한 어려움 없이 진행되었다. 피어나듯 젊고 명랑한 빛을 받은 영역인 그녀의 입은 항상 주의깊게 일하는 양심의 엄청난 부드러움 앞에 놓여 있었는데, 아마도 그것은 우리의 아름다운 삶의 원천으로 존재하는 것이리라. 그의 앞에는 예를 들어 주저 없이 안으로 들어갔던 귀처럼 점점 더 독특하고 중요한 풍경들이 펼쳐졌고, 그녀는 조금 몸을 움직이자, 찾고 수집하고 활기차게 호흡하는 그 자신의 존재를 느꼈다. 그렇게 전혀 방해받지 않는 상태를 기뻐하는 여인은 어디도 존재하지 않으리라. 소풍을 즐기는 자는 그녀의 길고 힘없이 앞뒤로 움직이는 팔과 손의 영역을 반드시 경배해야 한다는 핑계를 대고 살펴보았다. 그가 머물렀던 구간에 뻗어 있던 그녀의 손이 이제 그의 위에서 모이려 했다. 다행히도 그는 제때에 피할 수 있었다. 그의 작은 체구는 자신을 최소화시켜 통과할 가능성을 허용해주었다. 어떤 젊은 작가가 거칠고 덥수룩한 것, 거의 관통할 수 없는 그녀의 풍성하고 뒤엉킨 머리카락, 이마에 도달하기 위해 그 사이로 애써 통과해야 하는 머리카락을 묘사할 수 있을까 싶은데, 그는 이마에서 처음으로 그녀의 뺨 너머의 영역을 바라보며, 마치 갈망이 문명화되었다고 생각되는 일종의 낙원 속에 있는 것처럼 작업의 성공을 만끽하며 몸을 뻗었다. 올리비오라는 인물은 누군가를 갈망하는 사람은 작다는 것을 입체적으로 보여준다. 간단히 말해 사랑은 크고, 갈망은 작은 것이다. 큰 사람이 누군가를 갈망할 때 그 사람은 작아진다. 올리비오는 작아졌다 커졌다를 차례로 반복했다. 그가 여성에 대한 사랑을 의식할 때면 자신의 영혼은 잠시도 그녀 옆에 머물지 않은 채 몇 달 동안 지낼 수 있었다. 그는 자기 자신에게 그리고 모든 면에서 그를 움직이고 싶어하는 것에 신이었고, 이 생각의 과정을 좇는 데는 한 친구의 책이 계기를 마련해주었는데, 나는 그 친구에게 이런 개인적인 방식으로 자기 작품에 대해 말해주고 도움받는 것을 선한 의도로 받아들이기를 당부한다. 사람들이 갈망하는 이 여성은 어떤 것도 염려하지 않는 만큼 정말로 아름답지 않은가? 갈망하는 자는 왜 그렇게도 그녀를 갈망하는 것일까? 나는 그녀를 갈망하도록 그에게 허락했던가? 내 말은 한 사람이 어떤 사람을 계속해서 그리워한다면, 그는 실제로 진실로 그리워할 능력을 잃어버릴 위험에 빠진다는 것이다. 그렇게 되어도 좋은가? 그것이 일어난다면 그 친구 책의 제목처럼 갈망하는 여성을 하나의 질문처럼 이해하는 것이 타당한가? 나는 그가 필요한 통찰을 갖추고 있으리라고 믿는다. 갈망하는 자가 산만함으로 가득해서 갑작스럽게 갈망하기를 멈춘다면 얼마나 좋을까?

그것은 그녀에게도 좋지 않을까? 언급된 여성은 배우들에게 요청했다. "편안하게 받아들이시오."

모든 임의의 주머니들이 믿는다면

모든 임의의 주머니들이 자기가 꽃무늬의, 수풀 그림의 편지가 도달할 목적지로 어울린다고 믿는다면, 나의 상상력이 충분히 증명하는 것처럼, 오늘 나는 그것이 터무니없이 심각한 오류라고 말하려 하는데, 나는 언젠가부터 눈 또는 최소한 어떤 특별한 아름다움으로 나를 매료시킬 수 있는 한 모델을 헛되이 찾고 있기 때문이다. 혈관 속에 오직 한 종족의 흔적만을 가진 발신자가 편지 한 통을 쓰겠다고 장담하거나 짐짓 믿게 만들거나 꿈꾸게 하거나 지어낼 계획을 하기 전에, 무엇보다 어떤 특정한 인물에 매료되기 위해서는, 그는 높이 비상하려는 요구와 함께 자기 존재의 연단演壇이나 성스러움 앞에 도달해야 하는데, 그것은 항상 쉽게 채울 수 있는 조건은 아니다. '주머니'란 약간은 우스꽝스러운 표현을 사용하는 동안 나는 주머니란 경우에 따라서는 기가 막히게 자기 방식대로 중요하다고 말할 필요성을 느낀다. 주머니는 비교적 강요되지 않는 명칭을 일컫는 것으로, 그것은 여성의 아름다움과 관련되고, 그 여성의 우아함과 재능, 그 여성의 운명으로 인해 다른 친구들의 부러움을 사게 되

T U R

?

ivimus ad exempla.

von unserer Arbeit?   Vergil

künstlich vermehrt.   Properz

e gehört, daß wir nach Beispielen leben.   Seneca

NTAG

24	25	26
DONNERSTAG	FREITAG	SAMSTAG

N   I

402

며, 그 친구들은 말하자면 자신들을 가로막는 행복한 대상에 붙여진 타이틀에 반감을 가지는 것을 의미한다. 바로 이 감성적인 성(=여성)의 가장 아름답고 사랑스러운 소지품이 주머니라 불린다고 할 수 있다. 나는 가능한 모든 키치를 싫어하는 쿠치라는 이름의 아주 자유로운 사고를 하는 사람을 친구로 두고 있는데, 그는 무엇보다 자연의 친구로, 자연은 그를 너무도 강렬하게 끌어당겨서 날씨가 좋으면 집안에 머무를 수가 없다. 나도 쿠치랑 비슷해서, 어제는 화창한 일요일이었기 때문에 당연히 또다시 산책을 나갔는데, 이런 행동이나 태도가 없이는 자기 판단의 저울에서 드러나는 오류를 막을 수 없다. '비숍의 지팡이'란 매력적인 술집에서 나는 뭔가를 먹고 마셨는데, 이 식당과 주점은 아주 오래된 골동품은 아니지만 얼마간은 고풍스럽게 장식되어 있다는 것을 알 수 있었다. 여주인은 내게 맛이 있느냐고 물었고, 그 질문에 나는 답을 피하는 것으로 답을 했다. 그 대신 나는 "열악한 환경의 성에 머물기 원하는지 내게 물어볼 권리는 누구에게도 없으며, 당신이 원할 때마다, 어떤 때는 노크도 없이 내가 작업하는 방으로 들어와서 작품의 상황을 살필 권리는 없어요"라고 소리쳤다. 내게 매 순간 '당신이 작업하는 것을 한번 보여주세요'라고 말하는 것은 생각할 수도 없는 작가의 상황이다. "당신의 지인 가운데 그 같은 소망이나 명령으로 당신의 독립에 대한 욕구를 짓밟는 사람들이 있나요?"라고 이 친절한 여성은 내게 물었고, 나는 그것에 대해 요즘에는 돼먹지 않게 가르치려 드는 사람들이 우글거리고, 그 밖에도 사방에서 지적질을 하면 예의범절이 사라질 위험이 있다고 중얼거렸다. 내가 이 술집과 작별을 고하고 계속 걸어가자 태양은 참새처럼 빛났고, 바라보는 내 얼굴 앞에 펼쳐진 지극히 아름다운 풍경은 은신처에 숨은 쥐처럼 웃었는데, 그것은 분명 어떤 저술에서도 아직 존재하지 않은 비유법이다. 한 시간 동안 나는 길게 뻗은 골짜기를 따라 걸었는데, 그 골짜기는 내게 황금빛 눈을 가진 아름다운 고양이를 생각나게 했다. 능선 혹은 언덕 위에 농가가 한 채 서 있었고, 그 농가는 고지대 사람에 대한 경의로 내가 지나갈 때 깊이 몸을 숙였다. "내가 그냥 놔두지 않을 거야"라고 혼자 여러 차례 중얼거린 것은 친분이 있는 한 문예 애호가가 생각났기 때문인데, 그는 끊임없이 내게 여성과 그들의 탁월한 점을 갈망하라고 요구해서 넌더리가 날 정도였다. 나는 오늘날의 교양 분야에서 소설 쪼가리는 이미 충분히 떠나갔고, 애초에 너무 감정적인 시들은 우지끈거리며 부러졌다고 생각한다. 나는 사랑스러운 영혼으로 시골 주막의 딸을 사랑하고 흠모했는데, 그녀는 가정집 같은 새로운 손님방에서 힘든 행진 후 지친 상태에 있는 내 앞에 이백 밀리리터의 적포도주를 내놓았다. 이 방의 벽에는 베수비오 화산과 (⋯⋯) 그림이 걸려 있었고, 내가 특별히 바라보았던 것은 완전한 크기의 (⋯⋯)을 그린 것이었다. 한 손님이 소시지 먹는 것에 열중해 있었다. 작은 마을은 하나의 진주 같았다. 그 위로 찰랑거리는 강물은 순진한 꼬부랑글씨처럼 미소를 지었는데, 그 글씨는 경우에 따라서는 약간 서투르게 쓰일 수도 있었다. 축구공 하나가 높이 날아올랐고, 이제 하나의 성이 가부장적으로 지배해 그것의 웅장함 앞에서 나는 소름이 끼쳤는데, 그 웅장함은 르네상스 시기로부터 유래된 것이었다. "멈추어라"라고 내가 말했더니, 봐라, 그것은 내 말을 따랐고, 나는 그의 성과 정원 울타리를 관찰했는데, 우아한 야외 계단에서 이 성에 거주하는 여성이 부채질을 하며, 몸을 흔들며 신발을 신고 앞마당으로 내려왔고, 아마도 매해 겨울의 일부를 파리에서 보내는 이 인물의 독특하고도 우연한 등장은 마력을 행하는 듯한, 일요일 풍경을 장식하는 듯한 분위기를 연출해서, 마치 음악회에 온 듯한 즐거움 속으로 나를 빠져들게 했다. 내 두뇌 관리의 일상부서에서는 야식夜食 생각이 작동했고, 그 생각에 관해 내가 주인이나 선생이 되려는 시도는 헛되었다. 오, 대지여, 너는 기이하게 아름답구나, 지금 나의 언덕에서 풀을 뜯는 소들을 그리는 산책가의 영혼이 소리없이 외쳤다. 나중에 나는 협곡이 있는 향내나는 솜과 값비싼 보석으로 짠 융단 같은 숲속으로 들어갔는데, 작은 호수의 정경이 얼마 전에 한 회전목마에서 순간의 신으로 나타났던 그 목적 없는 목적 지향적인 자가 바로 나라고 말할 때까지, 그 숲은 잡아채는 힘으로 나를 끌어당겼다. 오, 장 파울 같은 교장이자 윤리 수호자는 얼마나 값싸고 편리하고 아름답게 잠옷을 휘감은 시인의 자세를 취하고 있는가, 그리고 우리가 불꽃이 타오르는 밤을 관통할 때 만나는 모든 사람들에게 마치 인간의 삶이 가부장제의 가족이기라도 한 것처럼 사랑스럽게 인사하는 것은 얼마나 당연한가. 그러나 순수함 그 자체인 듯 반짝이는 호수 옆에는 자신들이 직접 쓴 작품을 위한 출판인을 찾지 못한 시인들이 있고, 에멘탈소시지와 감자샐러드를 갈망하며 지칠 줄 모르고 잘난 척하는, 자기들이 지나갔던 거리에서 가난하고 힘없는 시골길을 지나 도시로 돌아오는 승자들이 있고, 술집에는 맥주를 받아드는 거대한 인물과 하나된 손풍금 소리가 들리고, 빈 병이 아닌 코르크까지 채워진 화주火酒병이 주머니에서 떨어져 바닥 위를 굴러

가서 거기 있는 사람들을 즐겁게 했으며, 그 밖에 다른 어딘가에 있을 수 있는 것이 있고, 나의 확신에 따르면 모든 것은 그 자체인 양 존재하고, 우리는 우리 자체로 존재하며 그것으로 종지부를 찍는다. 나는 이 일요일 스케치가 아직 생겨나지 않았을 때 수만 배는 더 다정하고 부드럽게 그것을 상상했는데, 이 스케치와 함께 나는 오히려 당당하게 빛나고 으쓱해진다. 최근 부끄러운 홍조의 큰불이 유럽을 관통하고 있다.

강력한 부드러움으로

당신들은 전혀 느끼지 못했겠지만, 타자기를 생각하며 카페에 가는 것을 고려하는 나다움은 낡은 다리의 천장 밑에서 강력하고도 부드럽게 움직였다. 강은 독특한 건축물 아래에 언급되기 원치 않는 비유법처럼 소리없이 놓여 있는데, 나는 이 비유가 내 글에는 유익하기보다는 오히려 유해하다고 생각한다. 오, 속살거리는 숲이여, 내 발걸음으로 휴식이 방해받지 않는 밤에 너는 얼마나 기분 좋게 일어나는지. 나는 나의 시골 머슴 같은 걸음걸이로 괴롭히는 길에다 대고 내가 세련되지 못하다고 여기는지 걱정스럽게 물어보았다. 내가 인간의 형체로 인식했던 존재들이 여기저기 둘러서 있었고, 내 인사를 환영했던 집 한 채가 있었다. 황금빛 커피는 내 사고 능력 속에서 작동하고 나의 걸음은 생각으로 배가 부른데, 그 말은 그것이 이해되지 않는 사람들에게 가장 잘 이해된다. 밝게 불이 밝혀진 방안에서 어떤 사람들은 이런저런 글들을 읽었다. 내가 생각에 잠겨 있다고 말한다면, 그것은 사실에 근거한 것은 아닐 것이다. 수년 전에 방문했던 한 저명한 동료는 글을 쓸 때 자기는 타자기를 사용한다고

409

Druck

Herrn

Robert Walser

Schweiz.

내게 말했고, 나도 한동안 이런 상황을, 말하자면 나도 때때로 타자기를 사용하는 것이 유용하지 않을까 하고 자문했지만, 그 같은 질문은 차츰 사라져버렸다. 이 문장을 읽는 독자가 지금까지 미처 알아차리지 못했다면, 내가 여기서 아주 서투르게 글을 쓰고 있다는 것과 이 유연하지 못함에 대해 마치 저녁 아홉시의 숲에서 얼마간의 거리를 두고 나를 감싸는 어둠이 나를 기쁘게 하듯, 나 자신이 즐거워한다는 것을 고백한다. 나는 살아오면서 여러 가지로 내 두 손에 의지하는데, 나는 두 손을 항상 아주 능숙하게 다루었고, 그것들은 시간과 함께 세련되어졌다고 할 수 있다. 두번째 관점으로는, 나는 이 타자기에 관한 질문을 손글씨에 대한 신념, 다시 말해 손가락의 법칙에 성실하게 머무는 것으로 극복한다. 하지만 이것 또한 지독히 서툴게 표현된 것은 아닌가? 오후 두시 반경에 나는 갑자기 해자垓字를 뛰어넘으며 멀리 있는 한 도시에 대해 생각하고, 그 밖에는 내가 나들이를 하는 동안 사게 될지도 모를 군밤에 대해 생각하고, 그리고 실제로 실행에 옮길 계획에 대해 생각했다. 춤추듯 내게 찾아온 한 가지 착상에 대해 내가 매우 존경하는 독자에게 말을 해도 된다면, 스위스 독일어의 단어인 'Cheib(카이브)'는 다른 곳이 아닌 바로 동양에서 유래했다. 사실 나는 이것을 마호메트교의 카바Kaaba에 관한 한 신문기사에서 읽었는데, 그것은 비교적 오래된 성소다. 거기서 유사성이 내 눈에 띄지 않았다면 이 과거의, 그러니까 대략 중세 초기 스위스의 주민들이었던 오리엔트인들, 그들과 함께 역사가 가르쳐주듯 다른 모든 유럽인들과 마찬가지로 활발한 교류를 가졌던 카이브, 즉 카바가 먼 곳으로 안내했고, 그들이 모든 길에서 항상 다시 돌아갔던 카이브를 나는 생각지 못했을 것이다. 카발레, 카바 그리고 카이브, 이것들은 모두 사람들이 일반적으로 마호메트교와 관련 있는 것을 손쉽게 비난했던 시대를 보여주는 것이 분명했다. 카이브들 편에서는 자신들의 만족을 위해 기독교인들이 했던 것과 비슷하게 행했을 것이다. 밤에 숲을 생각하기 어렵게 만드는 것은 눈에 보이지 않는 나무줄기로, 사람들은 그것의 존재를 사방으로 더듬으면서 확인해야 한다. 내가 귀기울였고, 귀기울이는 동안 속으로 환호했던 도니체티 음악회에서 두세 가지 치즈케이크의 맛은 얼마나 잊을 수 없었는지. 그러니까 나는 손글씨에 대한 나의 강력하고 지속적인 긍정으로 인해 용기를 잃지 않으려 했다. 나의 성격 중에 얼마간의 신뢰가 있다는 것은 솔직히 나는 반드시 필요하다고 생각지는 않지만 사람들이 나를 믿어준다고 생각하게 만드는 것처럼 보인다. 그리고 일요일 산책을 하는 동안 나는 단 한 곳의 주점에도 들르지 않았다. 나는 그것을 하나의 자랑이라 여겼다.

오늘의 글을 쓰는 수고로 당신에게 알려주려 한다

나는 오늘의 글 쓰는 수고와 더불어 내가 사랑스럽게 여기는 한 여성에게 편지 한 통을, 철저히 연구한, 겉보기에는 기분 좋은 무례함을 담은 어리석은 편지 한 통을 썼다는 사실을 알려주었는데, 그러자 이 수신인 여성이 내게 서둘러 감사를 표했고, 이것은 그녀가 진짜가 아니라 의도적인, 말하자면 장난일 수 있는 나의 모욕을 그대로 받아들였다면 분명히 행하지 않았을 것이다. 나의 도발에 대한 답변으로 답장을 한 이 여성은 신나게 몸을 들썩이며 재미있어했을 것처럼 보인다. 존경하는 부인, 당신 앞에서 저는 대담함을 몰아낼 수가 없네요. 당신은 분명 제게서 조심스럽고 예의바르다는 말로 표현해야 할 편지 한 통을 받았지요. 당신은 권위를 박탈당한 이전의 여제후들의 집단, 시간과 더불어 가사일을 처리하고 배우지 못한 자로 취급받게 되는 것이 그럴듯한 오락거리가 되었던 여제후 집단에 속하지는 않지요. 언급한 이 여성 수신자는 자신이 열정적으로, 거의 병적으로 일기를 쓰는 사람이란 정보만은 알려주었어야 했는데, 내가 그녀 자신의 족보나 출신을 알아내고 그에 맞게 행동하도록 하기

415

위해서 말이다. 그처럼 파괴할 수 없는 정신력과 선량한 토대를 가진다는 것은 믿기 힘든 일이다. 내 사고와 공감 능력에 따르면, 이런 현상은 초원의 여성 혹은 그런 종족의 여성이 과거에 얼마나 아름다웠는지, 자유분방함과 정신력 혹은 영혼을 강화하는 훈련을 얼마나 많이 행했는지, 그것으로부터 그녀 또한 자신의 미래를 위해 얼마나 강해졌는지를 떠올리는 것으로 설명될 수밖에 없었다. 한 인물과 함께 묘사된 구경口徑, 즉 진짜 힘센 사람과 비교하면 지극히 존경받는 당신이 내게는 약간 지나칠 정도로 귀족적으로 생각하는 것처럼 보인다고 솔직히 고백했을 때, 의심할 바 없이 버릇없고, 부드러운 살롱의 꽃이자 작은 존재이자 그 밖에도 철저히 시대에 맞는 현상인 당신은 선량하게 용서받을 것 같더군요. 맙소사, 과거 독일의 교양에 열성적이었던 가장 대학교수다운 작가, 프리드리히 니체를 읽은 당신은 너무나도 고상하게 인생을 바라보는 부르주아더군요. 프리드리히 니체는 알려진 바대로 가장 어리고 연약한, 가장 예비되지 않는 고등학생처럼 깔끔하게 진보하는, 누구도 피할 수 없는 문화의 미래를 철석같이 믿었지요. 그럼에도 이 열광할 줄 아는 철학자의 저서를 읽으면, 그가 말한 대로, 그리고 나의 견해에 따르면, 아무 일도 없는 듯 고통스럽게 감추어지는 아카데미즘의 심연을 한 번도 완벽하게, 다시 말해 전혀 떨쳐내지 못했다고 당신은 생각하지 않는지요? 자비로운 부인. 우리가 어떤 책을 읽을 때, 저자가 삶에서 어떤 입장을 취하는지 혹은 취했는지, 어떤 시야, 상황, 어떤 환경에서 그가 자신의 작가적인 생산물에 이르게 되었는지, 어떤 램프 불빛 혹은 정신의 빛 속에서 그가 그것을 썼는지 주의깊게 고려하는 것은 가능하지요. 그래서 내가 보기에 니체는 도취하게 만드는 마술사이자 유혹자인데, 그가 마치 지구상에서뿐 아니라 오히려 낯선, 독특한 알려지지 않은 행성에서 사랑하고 살고 고통받았으며 한 권 한 권 지어내고 짜맞추었던 만큼, 우리는 너무도 아름답고 매혹적인 그의 문장들 어디도 말 그대로 받아들여서는 결코 안 되고, 매번 어떤 방향으로 번역을 해야 합니다. 그러나 그가 근본적으로는 자신의 민첩한 펜에서 나온 모든 것을 우선은 자기 자신의 만족을 위해 썼다는 것은 대단히 그럴듯한 일이지 않나요. 당신은 여러 차례 고독하게 느꼈고, 사교에 관해 당혹스러워했으며, 사람들과의 교제에 관해서는 여러 차례 당신에게 어울리지 않거나 측정할 수 없는 숨막히는 인상을 주었을 욕구 부재를 느꼈다는 것을 내게 털어놓을 호의를 가지고 계시기 때문에, 그리고 내가 오해하지 않았다면 당신이 적절한, 그리고 동시에 가능하면 활기를 주는 친분 관계를 가질 수 있도록 도와주기를 요구했기에, 나는 다음에 나오는 충고에 귀를 기울이라고 당신에게 제안합니다. 나는 전혀 놀랍지 않은 한 우연의 결과로 이곳의 소시민적인 생활 혹은 그럴듯하지 않은 삶에 뿌리를 내린, 다시 말해 여기 정착한 매우 여성스러운 성격의 인물은, 내가 착각하지 않았다면, 예를 들어 철학의 영역에서 부각되는 요소에 관해 대화하는 것이 당신에게 흥미로울 수 있을 것입니다. 그렇다면 이 인물은 내적으로나 외적으로 매우 단정하고, 아주 긍정적인 태도의 소유자로서, 아마도 당신의 높은 평판에 어떤 해도 끼치지 않을 것이고, 서로 일치하는 것이 당신에게 도움을 주고 유용할 경우에만 내가 당신에게 소개하려는 이 사람을 서서히, 올바르게 관찰해보고 다루어보십시오. 말하자면 사람들이 나쁘게 여기지 않고 오히려 선하게 바라보지만 오늘날에는 잠정적으로 혼란스럽거나 모호하다고 불리는 대서양주의처럼, 순전하고 선입견 없는 행복이 존재한다는 것이 이미 당신 귀에 들어갔는지 모르겠습니다. 현재 적지 않은 수의 회원들은 입맞춤을 기적적인 일이라고 생각하는 냉철한 일상 속에서 아모르(사랑의 신) 같은, 날개 달린 듯한 조건 속에서 행진하거나 걷고 있습니다. 카지노

나 시청 홀에는 헬라스와 헬레니즘에 관한 강연들이 우글거리고, 그 속에 황홀감 등등이 묻어나는 순진한 얼굴을 하고 자기를 보여주려는 사람은 자명하게도 전혀 사랑스럽지 않게 받아들여질 것이지만, 나는 그것을 있을 수 있는 가장 축복된 규칙으로 간주합니다. 당신이 그리스도 탄생 천 년 전에 크레타섬에서 나타났을 그리스 여인을 실제 그대로 보는 법을 한 번도 배우지 못한 것은 일어날 수 있는 일입니다. 어쨌거나 나는 그녀를 진지하게 여기지 말기를, 그러나 그것을 진지한 얼굴로 보게 하도록 당신에게 권고할 생각인데, 왜냐하면 그녀는 사람들이 자기와 놀아주고 그것을 각별히 의식적으로 행하는 것을 좋아하기 때문입니다. 나는 당신에게 그녀가 신뢰할 정도로 문명화된 동시에 자연스럽다고 소개하려 하고, 이 같은 언급으로 그녀의 복잡성과 그녀의 아름답고 동시에 희극을 필요로 하는 영혼에 대해 주목하게 만들려 합니다. 그녀에게 일거리를 만들어주고 돌보아주고, 가능한 한 아주 화려하고 우아하게 차려입고 그녀와 만나기를 당신에게 충고할 생각이 강하게 들지만, 그것은 거의 본질적이거나 필수적인 것은 아닙니다. 그녀의 태도나 행동이 당신 마음에 든다면, 간단히 말해서 당신이 그녀를 데리고 있길 원한다면, 나는 당신과 함께하는 것보다 더 유리한 것은 아무것도 없다고 그녀에게 이해시키려 할 것이며, 당신에게는 그녀의 성격이나 그녀가 가진 개성의 생동감을 더 가까이 대할 수 있도록 항상 기꺼이 준비하고 있을 것입니다. 당신이 이 교제에서 행복하게 된다면 그녀 역시 마찬가지일 것입니다. 그만큼만, 하지만 더 많지는 않게 나는 당신에게 보장할 수 있습니다. 그녀에게서 문제가 되는 것은, 그녀가 남자라는 것입니다.

대도시에 사는 것을 더 높이 평가하지 말 것

대도시에 머무는 것을 하나의 보금자리를 위해 그것을 당당히 포기하는 것보다 더 높이 평가할 일은 아니다. 친구들은 대도시의 귀에 대고 속삭인다. "보금자리 같은 시골 도시로 지체 없이 떠나지 않는다면 자네는 어리석은 거야. 산책할 곳이 넘쳐나는 시골에 사는 주민들 모두는 자네가 곧장 도착하기를 기다리고 그것을 진심으로 기대하고 있다네." "자네들은 대도시에서 시골로 옮겨가기에 적절한 시점이라고 말하는 건가?"라고 문제의 남자가 물었다. 친구들이 "물론이지"라고 한목소리로 대답하자 이 남자는 보금자리에 대한 갈망에 어울리게 최대한 재빨리 여행 준비를 마쳤다. 그는 더할 나위 없이 진심으로 성실한 구두장이나 농부가 될 계획을 세웠다. 자신의 여러 가지 문제로 인해 갑자기 모든 점에서 개선의 여지가 있어 보였기에 그는 열차에 올라타 견고함 속의 아름다움을 생각했고, 아름다움 속의 견고함을 생각했다. 그의 친구들이 매력적인 보금자리로 옮겨가는 그를 위해 이 시점이 적절한지 문의하는 전보를 치자 시골의 명예 대표는 놀랍도록 재빨리 "그럼요, 물론입니다"라는 답변을 보내

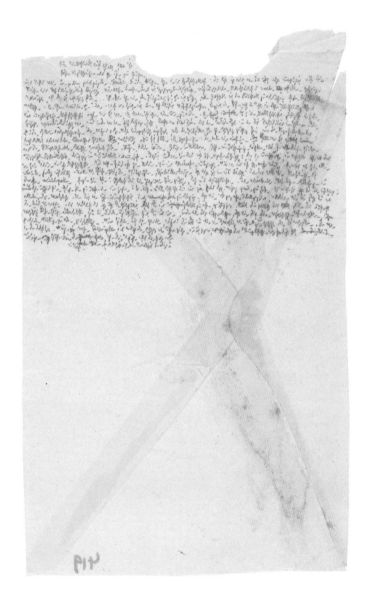

419

182

왔다. 그러나 이 마을 대표들은 "우리가 그를 달궈줄 거야"라고 자신들에게 말했다. 그가 정말 소도시를 잘못 판단했던 것일까? 단정하게 배열된 사물들, 초원과 들판, 나무와 집들, 성문, 골목과 골목의 소년들은 그가 도착하는 것을 보자 신뢰감을 보이며 진심으로 웃어 보였다. 그러나 곧 그다지 유쾌하지 않은 기분이 그들에게 몰려왔다. "무례한 자로군, 도대체 왜 왔지? 그는 우리를 순박하다고 생각하는 거야. 어째서 농촌에 사는 우리를 무조건적으로 믿는 거지? 그건 우리를 그리 진지하게 여기지 않기 때문이야. 그는 우리 모두를 바보라고 생각한다고. 저 번쩍거리는 사람, 외지에서 온 사람, 고상한 사람이 우리를 잘못 보고 있다는 걸 알려주어야 할까? 그럼, 그래야지." 그들은 어느 정도 의견 일치를 보고 난 후 "당신은 우리에게로 이사 오는 이 시점이 적절하다고 여기나요?"라고 물었다. 그는 "아무렴요"라고 대답했다. 이 편견 없고 즉각적인 대답에 그들은 웃기 시작했고 "이번에는 당신이 우리를 아주 중요하게 여기는 것 같군요. 당신이 우리의 모든 질문에 미리 준비했다는 것이 입증되었어요. 우리의 정서에 대해, 그리고 지혜가 전혀 부족하지 않다는 것을 보여주기 위해 당신에게 호감을 가지기에는 시점이 적절했다는 느낌을 받지 못했다고 말해야겠네요.

당신은 아주 조심스럽게 우리의 호의를 기대하지만, 같은 주민이 되고 싶어하는 당신의 진정한 갈망이 우리에게는 우스워 보인다는 걸 알려주려고 하는, 매우 적절치 않은 시점에 나타났어요. 당신을 비웃는 우리 눈앞에 당신은 약골처럼 서 있지만, 우리는 당신을 강하다고 여겼어요." 그에게는 실제로 이런 일이 일어났다. 뿌리 뽑힌 많은 자들은 이 글에서 교훈을 얻고 뿌리내리는 일이 쉽지 않다는 것을 깨닫기를. 그 밖에도 사물의 순수성을 조금이라도 고려하는 자는 호의보다는 차라리 호의적이지 않은 것을 찾을 일이다.

벽들이 검게 빛을 내는 방안에서

벽들이 검게 빛을 내는 방안에서, 쓸 만한 산문을 쓰려는 소망을 자아내는 불빛에서, 소녀처럼 부드러운 형상을 한 작가는 글을 썼다. "모든 면에서 내게 우호적인 이 도시에서 시간이 가면 시적 착상은 성공을 거두게 될까? 이 수정 동굴 같은 순간에 나는 나 자신에게 무엇을 말하는가? 라파엘은 일찍부터 아름다운 섭리에 따라 자신의 젊은 어깨 위로 흘러내리는 성공의 금빛 외투를 입고 있었다. 그는 자기 운명의 얼굴과 형상처럼 아름다웠다. 나는 종종 길을 가다 조각상들 옆을 급히 지나가는데, 그 형상들은 너무 멋지고 바라보기에는 너무 높은 위치여서 그것들이 내게 즐거움을 주었다고 고백할 결심을 채 하지 못했고, 내 기억이나 내 보물상자에 그 형상들의 가치를 포함시킬지에 대해서는 한순간도 생각지 않았다. 그런데 그것을 훔칠 생각은 내게 아주 확실해서, 그 속에서 목적을 위한 수단을 바라보기에 망설일 필요가 없는 이 유명한 그림에 대해 나는 왜 말하려고 하는가? 여전히 사소한, 그럼에도 확고한 나의 확신에 따르면, 그 벽에 걸린 특별히 아름다운 여인의 초상화가 어느 날 지금까지의

... ist, abgesehen von sein...

Fortschritt von Technik und Indus...
der kulturellen Bedürfnisse immer...
heute gesellschaftlichen Ereigniss...
morgen dagegen Männern der Arbe...
Besprechungen Gelegenheit bietet. ...

Blick in die Ho...

Da ist kürzlich in Duisburg ein ...
seine hohe und dreifache Berufun...
moderner Technik erfüllt, das H ...
H o f.

Kennen Sie diesen Prachtbau noc...
muß ihn selbst gesehen haben, die...
erste Eindruck ist überwältigend. ...
Lage erhebt sich majestätisch ein fe...
dessen imposante äußere Front dur...

430

자리에서 사라지리라는 것은 분명하다. 그 자체로는 어쩌면 아주 정상적인 이 행위는 무조건 행해져야 했다. 모든 가능성에 따르면 그 작품 자체는 그렇게 되기를 원했다. 그 그림은 도무지 이해할 수 없이 사라지기 위해 멀리 운반되도록 운송인을 매혹시켰다. 이런저런 대단히 많은 예술 애호가들이 크게 칭찬하거나 명예롭게 치켜세워온 그림 속 여성의 입가에 떠오른 미소는 분명 그 자체로도 지극히 유혹적인 행동 방식으로 유인했다. 우월한 사람들은 늘 그렇듯 생각에 잠긴 채, 인류가 교양의 명령 하에 있다고 생각하는 무위의 잔디 광장에서 편안하게 머무는 동안, 불법적으로 이 그림을 소유한 사람은 이성에 관한 한 열등하거나 아니면 엄청난 행동 능력을 가졌을 거라고 나는 상상한다. 달이나 그 밖의 낯선 행성에서 만들어진 것처럼 보이는 이해할 수 없는 이 그림은 도무지 이해할 수 없는 규정에서 필연적으로 벗어나야 했고, 이 일을 조용히 눈으로 좇고 있는 사람은 이 그림을 빼내기 위해 무진 애를 쓰는 이 남자에게서 쫓겨난 사람을 보아야 했는데, 이 그림의 용도는 최대한 조심스럽게 운반하도록 이 남자를 사로잡았고, 내 생각으로는 이 그림 자체가 그것을 원하는 듯했다. "난 이해받지 못해"라고 그녀는 이미 수백 년 동안 끊임없이 단조롭게 탄식했다. 언젠가 어떤 결의가 밝혀낼 수 없이 일치하여 그 탄식을 듣고 소원을 실현하기 위한 시간이 도래한 것이 틀림없다. 이해받지 못한 이 여성은 그에 걸맞은 동경을 품고 있지 않았을까? 아마도 그녀를 싣고 간 사람은 그녀를 그다지 사랑하지 않았지만, 그녀에 대해 많은 것들이 말해지고 무수한 다른 사람들이 경탄했기 때문에 그 자신도 그녀를 경탄했으리라는 생각이 내게 떠올랐다. 하지만 검토하고 따져보며 그녀에 대해 말하는 사람들은 이미 그렇게 오래 참아온 이 여인을 위해 무엇을 했던가? 그런데 입가에 진짜로 어리석으면서도 영리한 유럽적 미소를 짓는 평범한 콧수염을 가진 남자는 소녀처럼 조용한 그녀의 이마에서 읽어내었던 것을 실행했다. 얼마나 오랫동안 그녀는 한 권의 소설을 갈망했던가! 그녀는 언제나 연구되는 것이 아니라 체험되기를, 취해지기를 원했고, 그는 모든 관점에서 고상한 고독함을 위해 그렇게 했으며, 그 고독을 끝내려고 노력한 것처럼 보였다. 그녀는 사라짐과 동시에 현존하는 것처럼 보이지 않는가? 소모적인 긴 시간이 지난 후 학회의 전혀 중요하지 않은 한 회원의 눈이 뜨였던 것이 아닐까? 그녀는 노래하지 않는 필로멜라,* 그 자체

---

* 그리스신화의 등장인물로, 구혼을 피하기 위해 밤꾀꼬리로 변했다.

로는 전혀 수수께끼가 아닌 수수께끼, 문제가 될 수 없는 문제와 비슷하지 않았나? 그 밖에도 나는 레오나르도 다빈치가 자신의 생애 동안 작업용 앞치마 속으로 집어넣은 수많은 계약서들을 생각하며 놀라워한다. 펜으로 여기까지 도달한 시인은 마치 이 불멸의 그림이 자기에게 아주 가깝게 있기라도 한 것처럼 벽을 올려다보았고, 상상력은 이 대상을 매우 친숙하게 만들었으며, 그는 누구에게도 이해되지 않는 글을 밤이 늦도록 말없이 써내려갔다.

그녀는 자신의 분노에 화가 나서 새파래졌다

그녀는 자신의 분노에 화가 나서 새파래졌는데, 그때 그 누구도 그녀의 말할 수 없는 분노가 이유 없는 것이라고 생각해서는 안 된다. 무례함으로 얼굴이 붉어지지 않았다면 그녀가 높이 평가했을 무례한 남자는 눈처럼 흰 무엇을 소유하고 있었는데, 부드러운 숨결을 가진 그것의 존재를 생각하는 것만으로도 그녀는 몸이 떨리고 억눌린 소리들이 터져나왔다. 그녀는 **고통**에 찬 자신의 분노를 조금씩 먹어야 했는데, 그것은 그녀의 버릇 없는 취향에는 부러울 만한 과제일 수 있었다. 게다가 강조되어야 할 것은 비참한 상황에서 검정색 옷을 입은 그녀는 유감스럽게도 거의 붉게 보였다는 것으로, 놀랍도록 눈부신 그녀의 얼굴색 때문에 두드러져 보였다. 그는 낭비하듯 선물을 주는 자연이 그에게 한 번도 주지 않았던 것, 그럼에도 불구하고 자기 것이라고 불렀던, 한 번도 자신의 소유가 될 수 없었던 것을 소유했고, 그것은 푸른 하늘색으로 미소 지으며 그를 행복하게 만들었는데, 그것은 일 년 내내 웃음으로, 웃음을 넘어 말할 수 없이 슬픈 상태를 위해 꺾어진 한 송이의 꽃인 양 그를 장식했기 때문이었

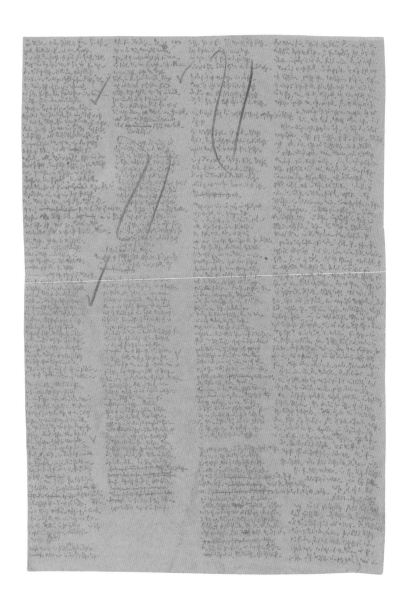

194

다. 그 물건은 하나의 종鐘과 비슷하다고 그녀는 상상했고, 그녀의 상상력은 어쩌면 완벽하게 탁월한 관찰 방식에 근거했다. 종종 여기저기서 버둥거리고, 물구나무를 서는 이 물건으로 인해 그의 눈 속에는 매우 유혹적인 것, 수정의 광채를 내는 그 무엇이 놓여 있었다. 한번은 그녀가 실제로 그의 아름다운 눈 때문에 기절을 했는데, 거기서 깨어났을 때 그녀는 그의 삶에 대한 욕망, 그의 모욕하는 듯한 과시적 태도와 미소가 흘러나오는 그 물건을 잘라버리겠다고 스스로에게 다짐했다. 실제로는 그의 입보다는 그것의 모양이 웃는데도 불구하고 그의 웃음은 무례하다고 불려서, 그녀는 그의 입술에서 웃음을 떼어내려고 했다. 그 물건은 주로 그가 마음대로 다루고, 그것을 가지고 놀기 위해 거기에 있는데, 이제 그녀는 절단 도구를 사용해서 그가 알지 못하도록, 말하자면 누워서 자고 있을 때, 그녀의 생각으로는 그의 본질에 전혀 어울리지 않는 것을 그의 몸에서 제거해버렸다. 곧이어 그녀는 포신砲身보다는 오히려 소시지와 더 비슷한 물건을 가지고 부엌으로 갔는데, 선반에서 프라이팬을 내려서 우선 적당히 식용유를 붓고, 그런 다음 그것이 소시지처럼 구워질 때까지 그 물건을 곱게 내려놓았다. 그녀가 그것을 먹었을 때 맛이 있었을 거라고 생각하는가? 한입

깨무는 것이 즐거웠을까? 그녀는 그의 눈앞에서 그것을 남김없이 먹어치웠다. 하지만 그는 그녀가 이렇게 맛있게 먹는 것에 어떻게 대응했을까? 그는 배부른 상태에서 느끼는 그녀의 이 독특한 즐거움에 대해 기뻐했을까? 이전보다 덜 만족했을까? 그의 눈은 이제 더이상 그렇게 거칠게 타오르지 않는가? 그런 흔적이라고는 없다. 그는 완전히 그대로이다. 그가 그것을 가지고 있는 한, 그는 가지고 있었고, 그것이 더이상 자신에게 속하지 않는 지금에는, 더이상 없는 것이다. 그녀는 자신이 얼마나 흥분했는지 무척 놀랐다. 사람들이 너무 많은 가치를 부여하는 그 물건이 존재하는 동안 그는 다르지 않았고 그녀 역시 마찬가지였는데, 그것은 사람들이 생각하는 것처럼 본질에 있어서는 그다지 중요하지 않기 때문이다.

이 이야기는 아름답다기보다는
차라리 우스꽝스럽다

내가 그 일이 어떻게 일어났는지를 기록한다 하더라도 이 이야기는 아름답기보다는 우스꽝스럽고, 진실되기보다는 오히려 일상적이다. 물컵은 연약해서 크로코딜롭스키처럼 자연스러운 사람들에게는 의지가 없다고 여겨지는 일이 일어난다. 정확히 말하면, 깨어진 유리 조각의 애가를 부르기 위해 물컵을 깨는 것을 사소한 일이라고 믿는 것은 크로코딜롭스키를 즐겁게 해주었다. 그런데 물컵은 깨어지지 않는 것으로 자신을 입증해 보였다. 어느 날 오후 물컵의 기분을 풀어주기 위해 크로코딜롭스키는 자신에게는 난로 연통이란 열광적인 사람들의 손에 의해 최고로 명성이 높아졌지만 사회적으로는 쓸데없는 물건이라는 것이 사실이라고 물컵에게 말했다. 크로코딜롭스키는 마음은 선량하지만 지능이 낮다고 생각하는 물컵에게 왜 이런 말을 했을까? 물컵을 원으로 차단시키기 위해서였다. 크로코딜롭스키는 말하자면 오랫동안 물컵이 얼마나 하찮은지를 가능한 한 큰 서클에게 보여주는 것 외에 어떤 것도 바라지 않았다. 물컵은 자기는 난로 연통에 대해 필요한 만큼의 존경심을 가지고 있다고 대

PH. WIRTH:
SELBSTBILDNIS.

449

답했는데, 그것은 크로코딜롭스키에게 물컵을 산산조각 내고 싶은 욕구를 일으키는 그런 대답이었다. 크로코딜롭스키로 말하자면, 그 자신은 세상에 통달한 사람이 아니지만 여기저기서 세상에 통달한 사람이 물컵에게 말할 수 있을지를 물어보려고 그를 찾아오곤 했다. 크로코딜롭스키는 물컵은 세상을 아는 사람과 접촉하기에는 섬세한 성격이라고 매번 말했다. "섬세할수록 더 재미있을 거예요"라는 대답이 돌아왔지만, 크로코딜롭스키는 이 대화에 어울리도록 임의의 어법을 사용할 줄 알았다. 그는 어느 방향에서도 볼 수 있는 물건처럼 말머리를 돌려서 물컵은 연구되지 않은 채 남아 있게 되었다. 그로 인해 난로 연통과 크로코딜롭스키의 관계는 피크닉이 물컵에게 다정해지기 시작하고, 물컵은 이것을 거의 깨닫지 못했다는 사실을 통해 느낄 수 있을 정도로 악화되어갔다. 크로코딜롭스키는 피크닉이 난로 연통에게 적대적이라는 것을 알아볼 이유가 있었는데, 이때 '적대하다'라는 말을 지나치게 범주화해서 이해하지 말기 바란다. 피크닉이 물컵과 어느 정도 합의를 하는 동안, 피크닉은 크로코딜롭스키에게 거의 감탄이 터질 정도로까지 난로 연통에게 감탄할 기회를 마련해주었다. 난로 연통에 대한 크로크딜롭스키의 찬양은 세상에 통달한 사람의 귀에 크게 울려서, 그 귀들은 소리 위로 넘어졌다. 세상에 통달한 사람들은 물컵에 관심을 갖기를 그치지 않았고, 마찬가지로 물컵의 친구인 피크닉은 크로코딜롭스키와 한편이 되어, 이 사람은 물컵과 크로코딜롭스키 사이가 마음에 드는 것처럼 피크닉이 자신에 대해 뭔가 반대한다고 생각하지 않게 되었다. 크로코딜롭스키가 난로 연통을 인정했기 때문에, 마찬가지로 자기 동료인 크로코딜롭스키를 능가하기 위해 물컵과 단순히 관계를 맺고 있던 피크닉은 크로코딜롭스키에게 항의를 했고, 크로코딜롭스키에게 가능성에 대한 인상을 주기 위해 노력해야 했다. 어느 날 피크닉이 물컵에게 말하기를, "오늘날 여기저기서 반쯤 혹은 온전히 세상에 정통한 사람이 나타났지만 나는 난로 연통이 나를 매료시킨다고 말하고 싶군요"라고 말했다. "그는 그에게 끝없이 즐거움을 주는군요"라고 물컵은 대답했고, 그것에 대해 피크닉은 크로코딜롭스키에게 그를 승인하기 위해 물컵이 난로 연통을 놀리는 것을 스스로에게 허용해주었다고 고백하는 일이 벌어졌다. 그의 섬세함은 그러지 않으면 그가 난로 연통을 놀리는 일을 용서할 수 없기 때문에 그에게 허용된다는 것을 크로코딜롭스키는 알아차렸다. 이런 말을 듣자마자 피크닉은 물컵이 사회적으로 공인되었다고 여겼다. 물컵은 섬세하고 크로코딜롭스키는 강한 외모를 가져서, 난로 연통은 물컵이 이전보다 자기에게 더 가까워지는 날이 오리라고 믿었고, 피크닉은 커져갔지만 사람들은 얼마나 커졌는지를 알지 못했다. 나는 이 어리석은 이야기에 나오는 알려지지 않은 지점에서 길을 잃었다.

룬트리히 부인은 태도가 화려하고

룬트리히 부인은 태도가 화려하고 게다가 어떤 의미에서는 대단히 우아한 젊은 시인 한 명을 데리고 있었는데, 그는 멜로디처럼 부드럽고 개암나무 가지처럼 유연했으며 멋진 허리를 가진, 그가 여주인이라고 부르는 이 여성과 할인된 가격의 교향곡 연주회에 동행했다. 그 시인은 어느 때는 섬세한 감각으로 임무에 몰두하는 족제비나 다람쥐처럼 부지런하고 지칠 줄 모른 채 소설 하나를 뚝딱 완성시켰다. "당신이 거기 쓴 것을 찢어버려요"라고 룬트리히 부인이 명령권자의 목소리로 자신의 세입자에게 말하자, 그는 그녀의 말에 순식간에 복종하면서 자신의 겹겹이 쌓인 천재성의 결과물을 셀 수 없이 작은 날개 달린 조각으로 찢어버렸는데, 그것은 마치 눈이 내리는 것처럼 보였고, 그 눈송이들은 이제 바닥을 장식했다. 룬트리히 부인은 실제로 매혹적인 외모의 소유자였지만, 그녀의 모습을 고전적, 아니 그녀의 몸매를 오히려 약간은 낭만적이라고 부를 수 있다면, 어떤 경우라도 순진하고 대책 없는 이 선량하고 젊고 성실한 시인은 선호하는

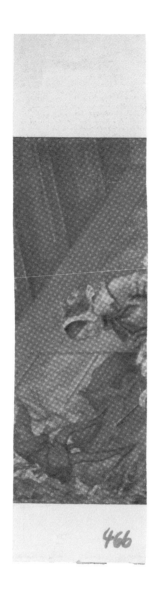

466

206

보타이 차림을 하고 있었는데, 이 파리*는 룬트리히 부인의 허락으로 여기저기 작은 방안으로 윙윙거리며 빙빙 돌면서 그를 찾아다녔다. 그녀는 이 굉장한 비밀스러움에 둘러싸여 자기의 시인과 포옹하고 입맞춤하기 위해 우아하게 들어오기 전에 매번 파리의 작은 날개가 길거리의 먼지에 덮여 있는지 먼저 살펴보았다. 분명 그녀는 달콤했고 찢겨버린 소설 속에서도 주역을 담당했지만, 가위와 접하게 되는 날이 오자 파리와 멀리 있는 것이 옳다는 느낌이 들었고, 그것을 실현하기 위해 그녀는 시인이 사랑하는 파리의 머리를 잘라버리려고 그를 찾았다. "제가 어떻게 그렇게 잔인한 바람을 실현하고, 그처럼 가차 없는 명령을 따를 수 있을까요"라고 시인은 탄식하며 로코코식으로 손을 비볐다. 한편으로 그에게는 파리의 안녕이 중요했지만, 다른 한편으로는 이제 아주 단단한 속성을 가진 가위로 룬트리히 부인의 명령을 신속하게 수행하는 것 또한 중요했다. 그가 이 헌신적인 형체의 머리를 융단이 깔린 작은 상자 속에 넣자 이 머리 없는 파리가 그 어떤 불유쾌한 일도 일어나지 않았다는 듯이 유령처럼 움직이는 동안, 룬트리히 부인은 환상적인 미

---

* 독일어로 'Fliege'는 파리, 보타이라는 뜻을 모두 가지고 있다.

소를 지었고, 그녀의 시인이자 하인은 이국적인 새들의 날개로 만들어진 부채, 다시 말해 부채 제조술의 기적에 가까운 부채로 그녀에게 바람을 보내주었다. 파리는 아무 힘도 없이 유리에 기대 아름다운 광경에 도취한 듯 창밖을 내다보았다. 얼마 떨어진 곳에서 개똥지빠귀가 지저귀었다. 시인은 새로운 영감에 사로잡혔고, 하늘은 수정처럼 푸르렀다. 머리 없는 파리는 이제 안락의자에 앉아서 머리 부분을 손으로 떠받쳤지만 손은 머리를 찾지 못했고, 이 기이한 광경에 룬트리히 부인은 구슬처럼 둥글고 놋쇠 같은 웃음소리를 울려퍼지게 했는데 그것은 마치 풍선이 터지는 것 같았다. 시인은 웃지 않았고 지략과 예의로 웃음을 중단시키고, (……), 룬트리히 부인은 시인에게 맛있는 음식을 내놓았는데 그가 식욕을 느낀다는 사실을 알고 있었기 때문으로 파리 역시 먹으려는 듯이 식탁 위에 앉자 매우 우스꽝스럽게 보였지만, 파리는 그것을 전혀 알지 못했다. 시인은 이따금 소중한 상자 속에 든 머리를 경건하게 살펴보았고, 그러고 나서도 매번 이 기이한 작은 물체가 떠올라서, 그는 아름다운 것 외에 다른 것에 관해서는 시를 쓰지 않지만, 자기의 작품이 책으로 출판되었을 때 파리를 즐겁게 해주려고 그것을 읽도록 내주었고, 파리가 그의 작품을 이해하는지에 대해서는 아무런 흔적이 없지만, 파리는 아름다운 손과 어여쁜 발 때문에 시인 곁에 머물렀다.

거기 서식하며 그 지역에 이름을 붙인 녀석들은
덥수룩한 털을 가지고

거기 서식하며 그 지역에 이름을 붙인 녀석들은 덥수룩한 털을 가지고 있는데, 그 녀석들은 그 지역을 에워싸고 그 안을 들여다보며 뭔가 지속적인 것, 한가한 것을 보여준다. 그 녀석들을 내려다보는 일은 뭔가 축제와 같은 것을 의미하는데, 왜냐하면 구덩이 속에 있는 이놈들은 즐겁고, 우스꽝스럽고, 서투르고, 익살스럽고, 경이롭게 행동하기 때문이다. 그것들은 뭔가 화려한 표본, 유일성 같은 것을 보여준다. 사람들이 그 녀석들에게서 독창성을 부인한다는 것은 있을 수 없다. 그놈들은 어떻게 기어올라갈 수 있을까! 나뭇가지와 관련해서 사람들은 그 녀석들이 나무에 올라가려는 성향의 결과라고 설명하는 동안, 녀석들은 거침없이 돌아다니며 그것들을 부스러뜨리고 황폐화시키려 한다. 녀석들은 혼자 중얼거리면서 감시인에 의해 감시를 받기도 하는데, 이 감시인은 주로 그놈들이 점잖게 머물도록 돌보고, 실제로도 그들은 점잖기도 하다. 일반적으로 드러난 행동과 그들의 힘 사이의 관계에는 어떤 모순이 있는가? 사람들은 거의 그렇다고 생각할 것이다. 게다가 녀석들이 얼마나 빨리 번식하는

Angaben
eventt.
oni eventt.

Contr. No

Adresse - Indirizzo

481

Co 422 de Berne 18 -

Walser

Interngasse 16 Berne

obald wie möglich

mermet

graphiert an — Réexpédié à
Ritrasmesso a

den — le
il

um — à
alle

Uhr — heures
ore

min.

Der Telegraphist: — Le télégraphiste:
Il telegrafista:

지. 처음에는 작고 어리숙하고 어리다. 그러다가 점차 커지고 똑똑해지고 나이를 먹고 병에 걸리기도 한다. 이 경우에는 의사가 도움을 주러 와야 한다. 그러나 활력 넘치는 자연을 신뢰하고 의지하는 동안 그들은 여러 차례 저절로 치유된다. 그들은 비교할 수 없는 춤을 출 수도 있다. 여기에서 강한 개성이 드러나고, 그 개성이 크게 인정받는 이유는 충분히 눈에 띄기 때문이다. 수많은 사람들의 여행 목적지가 되는 우리 도시를 장식하는 베렌그라벤*은 오늘날과 같은 장소에 항상 있지는 않았는데, 그 녀석들이 시간이 흐르는 동안 몇 차례 자신들의 서식지를 옮겼기 때문이다. 지도는 도시의 변화에 관심을 가진 사람들에게 정보를 준다. 베렌그라벤은 대체 언제부터 존재했는가? 사람들이 내게 말한 것에 따르면, 그리고 내가 항상 들어왔던 것과 경험한 것에 근거하면, 그곳은 16세기에 만들어졌다. 한 외국 제후가 당시 우리 도시의 높은 사람들에게 존경의 뜻으로 곰 몇 마리를 선물했다. 그때부터 이 녀석들은 계속 성실하게 번식해왔다. 완전히 소멸되지 않는 것이 그 녀석들에게 어렵지는 않았겠지만, 녀석들은 유쾌하게 노는 것으로 생명을 유지했으

---

* 스위스 베른의 상징인 곰을 주제로 한 공원.

며 그렇게 오랫동안 우리들 가운데 살고 있어서 우리는 그들이 아주 잘 지내왔다고 말할 수 있는데, 말하자면 그들이 당근 등등을 다량으로 얻을 수 있게 되자 영양 부족에 시달리지 않게 된 것은, 그들이 먹는 모습을 보는 것이 사람들에게 최고의 즐거움으로 여겨졌기 때문이다. 그놈들은 간단히, 아주 능숙하게 먹어치웠는데, 사람들은 거의 우아하다고 말하고 싶어하지만 나는 곰에 관한 이 글에서는 조금 자제하려고 한다. 한때 나는 좁은 골목에 있는 작은 방에서 편안해 보이는 안락의자에 앉아 카르파티아산맥을 배경으로 하는 소설 한 편을 읽었는데, 그 소설에서는 힘센 곰들이 자유롭게 출몰했다. 그 밖에도 사람들은 화려함이라고는 전혀 없는 우리의 문장紋章을 알고 있는데, 거기에서는 곰 한 마리가 유유히 돌아다니며 어슬렁거리듯 숲으로 올라간다. 이 시간 나는 아주 세련되고 우아한 책을 읽는 것에 열중해 있고, 그 여주인공은 아너뢰슬리 죄텔리 혹은 괴벨리*라는 이름이었는데, 나는 이 이름이 정확한지는 그다지 중요치 않다고 생각한다. 어쨌거나 나는 내용에 열광했고, 그것은 내게 만족감을 준다. "그 따위 생각은 베렌그라벤으로

---

* 'Zötteli'와 'Göbeli' 모두 어원이 곰과 관련되어 있다.

보내버려!"라고 나는 최근 한 술집에서 누군가가 명령하듯 말하는 것을 들었다. 물론 진짜 곰들의 무덤을 말한 것은 아니었다. 누가 그렇게 무자비하게 하나의 생각을 체류지로는 그다지 편안하지 않는 곳으로 가라고 명하겠는가. 사람들이 전문 용어나 일상어에서 반은 농담으로 곰들의 무덤으로 부르기를 좋아한다는 의도적인 생각이 (……) 그 안으로 내려갔을 거라고 나는 추측한다. 저 유명한 레닌은 스스로 자기 고국을 위한 새로운 구상이란 과제를 착수하기 위해 러시아로 넘어가기 전에 베렌그라벤에 들렀는데, 그는 그곳에서 여러 차례 언급된 느낌과 확고한 목표 의식에 자극받아 깊은 생각에 빠졌다는 것, 사람들은 잘난 척한다고 말하지만 실제로는 침착함에서 나온 열성이 그에게 작동했을 수 있다. 자신에 대해 그렇게 많은 말을 하게 만들었던 레닌은 이제는 사라졌다. 그는 여전히 후계자를 찾았다. 그러나 러시아의 발전이 어떤 과정을 겪었는지, 그와 더불어 세상의 발전 자체가 어떤 과정을 겪었는지 아무도 말할 수 없다. 우리가 그것을 알지 못한다는 것에 대해 일단은 기뻐할지어다. 이 같은 인문 사상이 관통하고 있는 내용으로 사람들의 적절한 주의를 받을 가치가 있는 이 짐승을 다룬 글 위로 막이 내리는 데 동의하는가. 곰들의 무덤에 관한 내 글이 성공적이기를.

여기는 조심스럽게 번역된다

여기는 조심스럽게 번역된다
폴 베를렌의 시가,
비가 센강가의 저 지붕들을
적시는 이곳에서.

파리 전역이 무채색으로 서 있고,
나는 동경을 동경한다.
나를 한번 보세요, 나는 야옹이라고 해요,
한때의 폴 베를렌과 흡사하게.

오 너 이미 넘치도록
전해져온 착각이여,
이십 년 전 한때
나도 폴 베를렌에 대해 물었지.

분위기 있다는 것은 의심할 바 없지,
내가 거기서 늘이고 또 늘이는 것이,
우리의 아버지 폴 베를렌은

새로움에 관한 한 위대했었지.

내게 양파 하나를 다오,
내게서도 눈물이 흐르도록,
한때 우리의 폴 베를렌이
원고지 위로 흘리던 눈물처럼.

내가 생각하는 최고의 시간은
마침내 로베르트 발스Robert Wals*가
베를렌의 독일어 번역자로
자신을 소개하는 것.

---

* 베를렌 시의 번역자로 로베르트 발저가 가장 어울린다는 평가에 대해
자신의 이름으로 패러디한 것.

나는 이 눈 내리는 풍경이 아름답기를 소망한다

나는 이 눈 내리는 풍경이 아름답기를 소망한다. 원컨대 눈이 사라질 때도 그랬으면 좋겠다. 눈 내리는 풍경은 처음에는 신선했고, 자체의 부드러움 속에서도 여전히 만족할 만한 단단함을 지닌다. 내게 눈은 성실해 보인다. 나는 사람들에게 다정하게 대하려 하지만, 가장 아름다운 것에 있어서는 그들 모두가 없어도 무방하다는 전제에서다. 나는 다정하려 하지만 너무 지나치지는 않을 것이다. 대체 어떤 조치인지 저기를 보아라. 이 글을 쓰는 동안 나는 나 자신에게 가볍고 밝아 보이고, 얇은 대기층으로, 탁월한 숨결 속으로 옮겨가, 말하자면 구워야 할 빵처럼 밀어넣어진다. 나는 앞으로는 훨씬 더 만족스러워할 것이라고 생각한다. 까다롭지 않다는 것은 하나의 무기, 어쩌면 인생에 주어진 가장 빛나는 무기 중 하나이리라. 나는 언젠가 무대 위에서 기사극騎士劇의 젊은 왕을 보았는데, 그의 장비는 기가 막히게 빛을 발했다. 극의 첫 부분에서 그는 매우 불행한 듯한 포즈를 취했다. 그의 대단히 우울한 태도는 충분히 설명되었다. 그러나 용감한 여성이 나타나 그를 도와주었다. 좌절한 사람들이 당혹

501

감의 세계에서 빠져나오도록 누군가가 도움을 주는 것은 멋진 일이다. 오늘 눈 이불은 내가 지나가는 땅 위에 하얗게 빛나는 장비처럼 놓여 있었다. 누군가는 웃겠지만, 나는 계속해서 글을 써나간다. 자기들이 이전에 여기저기서 얼마나 즐거웠는지를 서로 이야기하는 여섯, 일곱 사람을 생각하며 나 스스로 웃는다. 이 여섯 사람은 모두 빛나는 얼굴로 환호하고 탄성을 질러, 그들을 보면 삶이 천국의 정원 같다고 생각할 것이다. 한 사람이 다른 사람에게 자기는 사는 것이 즐거워 죽겠다고 말한다. "내가 하는 건 모두 즐거운 일뿐이야"라고 모두 말한다. 그들은 자신에게 다가오는 사물들과 모든 것에 대한 순수한 사랑에서 나오는 빛에 익숙해져 있다. 그 사람들은 나의 부재를 그다지 아쉬워하지 않을 것이라 생각하며, 혼자 내버려두어 어쩌면 약간은 화가 났을 나의 눈 내리는 풍경으로 돌아오면서, 나는 눈이 마치 안식의 상징처럼 보인다고 생각한다. 눈은 모든 소란을 따뜻하게 보듬고, 모든 일이 조용히 일어나는 집을 짓는다. 훌륭한 부류에 속하는 한 신사가 생각에 잠긴 채 길에 서 있다. 나는 썰매가 나는 듯 지나가는 것을 보았는데, 그 남자가 내게 말했다. "썰매에는 내 아내가 자기 애인과 함께 앉아 있소." "그건 당신에게 특정한 결과를 가져올 거요"라고 나는 말해야 하거나 말해도 된다고 생각했다. 눈 내리는 풍경은 견진성사에 가는 아이, 재단 앞으로 나가는 신부新婦의 모습과 흡사하다. 물론 사람들은 다른 비유를 사용해도 좋으리라. 반항적인 학생을 처벌하려는 선생님이 그 학생의 머리카락이나 귀를 잡아당기는 비유는 곤란하겠지만 말이다. 나는 눈 내리는 풍경을 예술적으로 표현하려는 조각가나 화가를 만났고 어느 추방당한 공주도 만났는데, 그녀는 어디로 가려 하느냐는 내 질문에 자기는 보모가 되는 편이 어울릴 것 같다고 대답해서, 나는 전혀 따지지 않고 축하해주었다. 나무들은 하얀 표면 위에 놀이하듯 부드럽게 서 있다. 눈은 거의 바닥으로까지 기울어진 지붕 위에도 쌓여 있고, 그중 어느 집에서는 한 소년이 나와 그다지 대단치 않은 수업을 받으러 곧장 가고, 다른 집에는 아이가 병이 나서 침대에 누워 있고, 그 때문에 크게 걱정하는 엄마가 있다. 눈은 아무것도 생각하지 않는다는 사실을 나는 생각하고, 이따금 너무 깊지도, 길지도 않아서 당신을 피곤하게 만들지 않는 생각을 하는 것은 좋은 일이다. 얼마 떨어진 곳에 포템킨 마을*이

---

* 러시아의 포템킨 사령관이 예카테리나 여제에게 보이기 위해 겉치레만 번드르르하게 꾸민 마을.

아닌 진짜 마을들이 마술처럼, 마치 꾸며서 그려놓은 배경처럼 겨울날의 따뜻하고 부드러운 추위에 떨고 있었다. 주막 안에서는 꽤나 출세한 듯이 보이는 사람이 자기와 비슷해 보이는 동료에게 말했다. "가끔 보면 별 볼 일 없는 사람들이 건강한 이성을 소유한 것 같아." 노를 젓는 사람은 자신에게 안락함이란 사치를 허용할 수 있다. 나는 썰매에 관한 슈바르트의 믿을 수 없이 우아한 시를 알고 있고, 여성 외투에 관한 투르게네프의 아주 감동적인 소설을 알며, 셰익스피어의 『겨울 이야기』를 독자들의 기억의 서랍에서 꺼내어 감탄하며 다시 읽어보다가, 몹시 아름다운 이 작품에 감사하며 찬사의 말을 한다. 이 작품에 나오는 아주 감동적인 여성, 저 무고하게 기소당한 여인, 이별과 추방의 오랜 세월 후에도 순수하게 남아 있는 이 여인은 고상하게 차려진 옆방에서 그 시간 동안 여전히 풀리지 않는 수수께끼처럼 머물며 지혜롭게도 하나의 동상으로 변해버렸나? 마음속에 놓인 얼마나 많은 것들이 무대 위 양탄자 같은 눈 속에 묻혀버렸는가. 나는 이 글에 그다지 필요하지 않은 많은 것을 덧붙일 수 있을 것이다. 하지만 나의 일과의 원칙은 고쳐 쓰는 일을 금하는 까닭에, 이제 그만 잠자리에 들어야겠다.

주

이 책의 텍스트들은 로베르트 발저의 생전에 출판되지 않은 채 남아 있던 모든 마이크로그램 텍스트들의 전체 편집 중에서(『연필 영역에서 *Aus dem Bleistiftgebiet*』, AdB) 베른하르트 에히테와 베르너 모어랑의 해독을 따른 것이다. 텍스트의 불확실한 부분들은 고딕체로 표시된 것을 그대로 받아들였다. 해독되지 않는 부분들은 (……) 표시나 대안적인 읽기 방식을 제시했다. 수기 원고에서 빠진 것이 분명한 단어나 철자는 「 」 속에 넣어 표기했고, 둥근 괄호 속에는 불확실한 철자, 특히 단어에 일치하는 어미를 삽입했다.* 이중 빗금은 페이지가 바뀌는 것을 의미한다. AdB에서는 당시 두덴 문법에 맞는 것은 그대로 두었다. 텍스트의 순서는 편집자들이 마이크로그램 페이지

---

* 한국어 판본에서는 그렇게 하여 완성된 문장을 번역했다.

에 손으로 표시해둔 문서번호를 따른 것이다.

마이크로그램 부분은 매번 페이지의 양면을 모두 보여준다. 사진들은 실물 크기와 동일하다. 종이 전체가 하나의 사진으로 담기에 너무 클 경우에는 부분만 제시하는데, 이것 역시 실물 크기이다. 주석 속에 들어 있는 사진의 단면은 그어진 선에 의해 절취된 부분을 수록한 것이다. 이 테두리는 한 장에 재현되는 텍스트의 상태를 표시해준다.

사진들은 모두 마이크로그램의 디지털 사진에 근거를 둔 것이다. 이 디지털 사진들은 2008년부터 2009년에 바젤대학교의 이미징 앤드 미디어 랩에서 제작된 것이다. 원칙적으로 검은 바탕에 놓고 사진을 찍은 원본들이 이 책에 복사하도록 제공되었다. 현재 남아 있는 526장의 마이크로그램 뭉치는 로베르트 발저 재단 소유로, 베른 소재 스위스 국립도서관의 스위스 문헌자료실에 보관되어 있다.

저기 있다Es gibt da...
AdB, Bd. 5, S. 63~66 (046/I)
얇은 포장지 ca. 23.5×6.5cm
1927년 2월 추정

발저의 마이크로그램은 1900년대에 유행
했던, 그리고 이 산문에서도 잠시 언급되
는 필적학을 위한 매력적인 연구 대상이었
다. 예를 들면, '탁월한 필적학자'는 막스
풀버였다. 풀버는 이 분야를 대표하는 저
서를 집필했고, 그 밖에도 많은 문학작품
을 썼다. 이 작품들은 발저도 출판했던 인
젤Insel, 볼프Wolff, 라셔Rascher, 후버 출판사
에서 나왔다. 후버 시리즈의 스위스 작가들
편은 이 두 작가에게 배당되었고, 인지학
잡지 『개성Individualität』에도 두 사람은 나란
히 실렸다.

한때 좋은 사람들이 나를 보았던 그곳Dort,
wo mich einstmals gute Menschen sah'n...
AdB, Bd. 6, S. 425 f. (062b/I)
기름종이 ca. 7.2×4.2cm
1927년 초 추정

이 마이크로그램 종이는 이 책에 선택된
낱장들 중 가장 작은 크기이다. 양면으로
적혀 있는데, 그것은 드문 경우에 해당한
다. 재현된 텍스트는 운문으로 쓰였지만,
'산문작가'에 대해 다루고 있다. 운문과 산
문의 관계는 이 시기 발저의 작품에서 중요한 의미를 지니는데, 발
저는 『연필 영역에서』에서 1909년부터 소홀히 해온 서정시로 돌아
가고 있기 때문이다. 출판되지 않은 마이크로그램 중에는 시 텍스트
가 숫자상으로는 산문 텍스트를 조금 넘어선다.

우리는 알지 못하는 손에Man wird von einer
Hand
AdB, Bd. 6, S. 441 (076b/II)
1927년의 우편 종이봉투의 일부
ca. 13.5×9.0cm
1927년 가을/겨울

발저는 이 텍스트를 자신의 신문 문예란
기사의 증빙 샘플들을 담고 있는 많은 우
편물 봉투 중 하나에 적었다. 1920년대 중
반의 봉투에는 프라하의 스탬프가 찍혀 있는데, 이 도시의 『프라하
신문』과 『프라하 일간지』는 그의 작품을 받아준 가장 중요한 두 기

관이었다. 그는 1930년대까지 이 두 신문에 거의 300편에 가깝게 기고할 수 있었다. 이 시기에는 미발표 마이크로그램 텍스트가 광범하게 늘어나는 동시에 출판 활동은 집중적으로 계속되었다. 이 우편물 포장봉투에 적힌 주소는 베른의 루이젠가 14/III로 되어 있다. 발다우 정신요양원에 들어가기 전, 이 주소의 다락방이 발저의 마지막 거주지였다. 그는 1926년 8월 중순부터 1929년 1월까지 베른의 어떤 다른 거처보다 여기서 더 오래 살았다. 이 책에 수록된 텍스트의 절반 이상이 여기서 나왔다.

약 이십만 년 전에Von zirka zweihunderttausend Jahren...
AdB, Bd. 5, S. 289 f. (080/I)
광고지 일부
ca. 7.7×7.0cm
연도 없음

스위스에 관한 이 텍스트와 베른시에 관한 다음 텍스트는 여행 문예기사를 위한 풍자적 기고문으로 읽힐 수 있다. 이 장르는 19세기 후반부터 많은 사랑을 받았다. 베른에서는 예를 들면 발저의 발견자라 할 수 있는 요제프 빅토르 비드만과 발저의 형이자 지리학 교수였던 헤르만이 『데어 분트Der Bund』에 이런 장르의 글을 자주 기고했다. 발저가 많은 글을 실었던 『베를린 일간지』의 주간이었던 테오도르 볼프Theodor Wolff도 많은 여행 문예기사를 집필했다.

이 도시에 얼마나 많은 주민이 사는지 잘
모르겠으나Und nicht einmal zu wissen, wie
viele Einwohner diese Stadt hat...
AdB, Bd. I, S. II f. (160/I)
아트지
15.8×12.0cm
1925년 11월

발저는 1921년부터 1933년까지 베른에서
살았다. 처음에는 국립문헌보관소의 직원으로 일했는데, 이 텍스트
는 한 부인에게 봉사하는 '소박한 직책'에 관해 이야기한다. 그다음
에는 자유기고가로, 1929년 1월부터는 결국 발다우 정신요양원의
환자로 머물렀다. 이 텍스트는 '베른'이란 지명을 기교적으로 피하
고 있지만, 여기 나온 베른의 도시 모습에 대해 발저는 테레제 브라
이트바흐에게 보내는 편지에서 "오늘 아침 나는 도시 베른에 관한
글을 한 편 썼는데, 아마도 베를린에서 발표하게 될 거요"라고 썼다.
이 텍스트는 베렌그라벤에 관한 산문과 마찬가지로 출판되지 않은
채 남아 있다.

평소에 나는 항상 제일 먼저 산문 작업복,
말하자면 일종의 작가 재킷을 입는다Sonst
zieh' ich immer erst einen Prosastückkittel,
also eine Art Schriftstellerjacke an...
AdB, Bd. I, S. 65~68 (190/III)
아트지 ca. 21.5×13.1cm
1925년 3월~4월

이 종이는 8절지로 대략 책 한 페이지 크기

에 해당한다. 이 책도 8절 판형이다(원서 기준). 발저의 마이크로그래피에서 이 경우는 종이의 한쪽 가장자리에서 다른 가장자리까지 가득 이어지는데, 한 줄은 일반적으로 인쇄된 행의 여러 배로 한 줄당 300자가 넘는다. 이 산문을 "완전히 기계적으로" 썼다는 글쓴이의 고백은 글 쓰는 메커니즘의 기술적인 지배 외에도 발저의 시학과도 관련된다. 이 기계적인 글쓰기 절차는 초현실주의자들의 '자동글쓰기ecriture automatiqu'와 유사하게 무의식적이고 무의도적인, 자체적으로 이해하는 그리고 무엇보다 원칙적으로 끝나지 않는 텍스트를 산출한다. 이 텍스트에서는 "나는 이 보고를 믿을 수 없을 정도까지 계속할 수 있을 것이다"라고 말한다.

아가씨 / 구원자Die Jungfrau / Der Befreier
AdB, Bd. 2, S. 457~459 (194/I)
아트지
ca. 21.5×13.1cm
1925년 추정

마이크로그램 페이지들을 읽을 때 근본적인 문제는 '연필 영역' 텍스트의 크기가 텍스트 단위들로 분절되어 있다는 것이다. 한 텍스트는 어디서 끝나는가? 다음 것은 어디서 시작되는가? 이 문제는 다음과 같이 설명될 수 있다. 운문 텍스트Ihre Seele는 대화 텍스트Die Jungfrau Der Freier에 속하는가? 아니면 그것은 독립적인 하나의 텍스트 단위를 이루는가? 이 장에서는 다섯 개의 텍스트 블록을 인식할 수 있는데, 이것은 행 바꿈, 글씨의 방향, 사이 공간을 통해 구분된다. 그래픽적으로 보자면 대화 텍스트와 그것에 뒤따라오면서 중간으로 정렬된 운문 텍스트가 서로 연결된다는 것이 설득력을 지닌다.

그래, 나는 고백해Ja, ich gesteh's...
AdB, Bd. 6, S. 480 f. (204/II)
『베를린 일간지』에서 보낸 사례비 계산서 일부
ca. 11.4×7.4cm
1928년 가을

많은 마이크로그램 종이 위에는 여러 텍스트가 우연히 함께 놓인 것처럼 보이는 반면, 이 페이지에 적힌 세 개의 텍스트는 주제상의 통일성을 보여주는데, 문학과 삶이 권태와 피로감의 근원이라는 것이다. 선택된 시에서 권태가 개인적인 정신적 삶의 일부로 나타난다면, 두번째 시에서 권태는 불쾌감을 유발하는 동시대 문학이다. 이 페이지의 중심 텍스트는 의심할 바 없이 「고양이를 위하여」이다. 여기서 다루어지는 당대의 문학 활동을 위한 글쓰기와 후세를 위한 글쓰기 사이의 긴장에 찬 관계는 발저의 마이크로그램 창작의 근본적인 중요성을 지닌다.

모든 특출한 사람은 언젠가 한번은
취리히에 머물렀다Jeder hervorragende
Mensch ist irgendeinmal in Zürich...
AdB, Bd. 5, S. 361 f. (207/III)
『베를린 일간지』에서 보낸 사례비 계산서
일부
ca. 11.5×7.1/7.5cm
1928년 9월~11월

이 용지에 기록된 서로 다른 텍스트들은 강하거나 부드러운, 뾰족하거나 무딘 연필로 쓰였다는 것뿐 아니라 글씨체에서도 큰 차이를 보인다. 무엇보다 관련된 글씨의 특징과 거의 새겨넣은 듯한 개별 선들 사이에서의 변화도 눈에 띈다. 촘촘하고 신문 같은 분위기를 만들어내는 세로열 배치와 함께 양식지에 잉크로 쓰인 기록이 시각적으로 확대되고 전면으로 부각시키는 심부 효과를 나타내는 추상적인 이미지가 생겨난다.

이제 또다시 짧은 산문Nun wieder diese
kleine Prosa...
AdB, Bd. 5, S. 45 f. (210/II)
『베를린 일간지』에서 보낸 사례비 계산서 일부
ca. 11.4×7.1/7.6cm
1928년 9월

여기 사용된 용지는 앞의 텍스트의 절반이 기록된 종이의 다른 절반에 해당한다.

59쪽의 사진에는 이 두 절반이 나란히 앉혀 있다. 이 텍스트들이 불규칙하게 잘린 가장자리를 따라 간결하게 흘러가는 것으로 보아 글을 쓰기 전에 종이를 잘랐을 것이라고 추측할 수 있다. 이 텍스트에서 다루어진 전시회는 스위스 여성단체 연합이 '여성의 노동을 위한 스위스 전시'라는 제목으로 주최한 것으로 1928년 8월 25일부터 9월 30일까지 베른에서 열렸다. 『데어 분트』라는 신문의 사설에 따르면(1928년 8월 24일, 394호), 이 전시는 "민족의 활기찬 힘들의 공동 작업을 위한 여성들의 기여"를 기리는 것이다.

나는 춤추는 것을 스스로 금한다Selber zu tanzen untersagte ich mir...
AdB, Bd. 5, S. 71~73 (214/II)
한쪽 면을 매끄럽게 한 얇은 종이 시트
ca. 10.4×9.5cm
1928년 10월~11월

이 산문의 화자는 무도장에서 감정이입 능력이 있는 관찰자의 태도를 취한다. 그는 "한 파운드의 슈니츠(스위스 독일어로 '삶은 과일 조각'을 뜻한다)처럼" 꼼짝하지 않고 앉아 있지만, '보고자'로서는 확실히 춤을 추는 듯한 소질이 있다. 춤이 시적인 힘으로 변하는 것은 산책의 모티프와 마찬가지로 언어적 스타일과 텍스트의 흐름에 대한 이미지로 파악할 수 있다. 그러나 무엇보다 텍스트의 흐름은 마이크로그래피에서 글자의 움직임과 관련지을 수 있다. 이것은 춤과 마찬가지로 자유로운 유희와 엄격한 원칙 위에 동시에 근거한다.

내가 쓰는 것은, 아마도 한 편의 동화일
거야Was ich schreibe, wird vielleicht ein
Märchen sein...
AdB, Bd. 4, S. 153~155 (225/II)
달력 종이
ca. 16.6/17.5×5.1/8.0cm
1927년 4월

일반적으로 마이크로그램들은 눈에 띌 정
도로 교정을 적게 한다. 그런데 이 낱장에
서는 몇 군데 삭제한 것을 찾아볼 수 있다.
이 텍스트의 끝 부분에 암시된 예술가에 대
한 호의적인 충고를 발저 자신도 여러 차례
받은 적이 있다. 여기서는 서적 시장에서 성공을 거두려면 "고트프
리트 켈러처럼 쓰라"고 충고한 출판인 브루노 카시러를 회고하면서
그를 조롱한다.

여행바구니 안 혹은 빨래바구니 안In dem
Reisekorb oder Wäschekorb...
AdB, Bd. 2, S. 338 (236/II)
아트지
ca. 21.6×13.0cm, 잘라낸 그림
1924/25년 겨울

발저의 최초 마이크로그램들은 대략 3~4mm
크기로 쓰여서 후에 나온 것보다 훨씬 크다.
그가 사용한 쿠렌트체(흘림체)에 익숙한 독
자들은 이 초기 용지에 쓰인 아홉 편의 시를
부분적으로는 스스로 해독할 수 있다. 여기 선택된 이 시는 발저의 처

음 공개된 마이크로그램에 속한다. 그것은 처음에 요헨 그레벤에 의해 해독되었고, 1975년 『텍스트+비평』에 발표되었는데, 그레벤은 이것을 1978년 포켓판(기념 선집)에 넣었다. 베른하르트 에히테와 베르너 모어랑은 이 판본의 해독을 여러 군데 수정했다.

미모사Mimosa
AdB, Bd. 2, S. 319 (263/V)
아트지
ca. 21.6×13.1cm
1924년 10월~11월

로베르트 발저는 이 텍스트에 스스로 제목을 붙였는데, 이는 마이크로그램에서는 드문 경우다. 미모사는 색채 시 전통과 함께 시작한다. 아르튀르 랭보의 유명한 색채-소네트 「모음母音」을 시작하는 높은 톤을 아이러니하게 깨뜨리는 것이 발저 후기 시의 한 가지 특징이다. 과도한 감수성이란 의미로 '미모사 같은'이란 표현은 뭔가에 접촉하면 무의식적으로 잎을 닫아버리는 미모사 푸디카라는 열대성 식물에서 기인한다.

부고Nekrolog
AdB, Bd. 1, S. 289 f. (264/II)
아트지
ca. 21.6×13.2cm
1924년 10월~11월

발저는 이 산문에서 아나톨 프랑스라는 사
회적으로 출세한 작가의 원형을 중심에 둔
다. 프랑스는 1896년 이후 아카데미 회원
이었고, 1921년 노벨상 수상자로 대표적
인 민족시인이다. 1924년 4월 16일 프랑스는 팔십번째 생일을 기념
한 후, 그해 10월 12일에 세상을 떠났다. 1924년 10월 14일 베른의
신문 『데어 분트』에 이에 관한 기사가 실렸다. 풍자로 읽힐 수 있는
「부고」 외에 프랑스는 발저의 작품에서 단 한 번도 언급되지 않는다.
이 산문의 제목은 발저 자신에 의해 붙여졌다.

하얀 남자들Weiße Männer...
AdB, Bd. 2, S. 313 (265/II)
아트지
ca. 21.6×13.0cm
1924년 11월~12월

발저가 다시 시를 다작하기 시작한 1924년
에 쓴 이 시는 여섯 편의 시와 한 편의 산문
텍스트와 함께 하나의 용지에 적혀 있다.

1925년부터 1930년대 초까지 그의 시는 『프라하 신문』 『프라하 일간지』를 비롯한 여러 신문과 잡지에 규칙적으로 실렸다. 거기에는 오토 피크, 막스 브로트 같은 편집자들의 지지가 중요한 역할을 했다. 3년 전 설립된 파울 촐나이 출판사에서 시집을 내려던 발저의 계획은 성사되지 않았다.

잔인한 관습, 윤리, 습관 등Grausame Bräuche, Sitten, Gewohnheiten usw...
AdB· Bd. 4, S. 178~181 (279/II, 280/I)
달력 종이
ca. 16.5/17.5×5.0/8.0cm
1926년 추정

이것은 여러 장에 걸쳐 기록된 텍스트들 중 하나이다. 279번 메모지에 남아 있는 불에 탄 구멍이 글을 쓸 때 즐겨 담배를 피웠던 발저 자신에 의해 생긴 것인지는 확실치 않다. 그것이 글을 쓰고 난 후에 일어났다는 것은 텍스트 자체가 손상을 입었다는 것에서 알 수 있다. 마지막에 언급된 오스트리아 작가 레오폴트 자허마조흐는 발저의 글에 종종 등장한다. 1924년 그는 자허마조흐에 관한 산문 한 편을 썼는데, 그는 이 작품을 『장미』(1925년)에 포함시켰고, 1925년 2월 1일자 『프라하 일간지』에서도 볼 수 있다.

아마도 우리 시대를 가장 잘 특징짓는
것Was dies unser Zeitalter vielleicht am besten
kennzeichnet...
AdB, Bd. 4, S. 165 f. (301/I)
달력 종이
ca. 16.5/17.5×4.5/8.3cm
1926년 여름

이 텍스트는 로베르트 발저가 문화 분야에서 진행되는 행사를 어떻게 받아들이는지를 보여준다. 1911년 모스크바에서 초연된 레프 톨스토이의 연극 〈살아 있는 시체〉가 텍스트의 끝부분에 암시되어 있는데, 이 작품은 1926년 7월 베른에서 공연되었다. 모스크바의 예술가 극단은 베른의 여름극장이란 행사 내에서 순회공연을 했고, 오스트롭스키, 고골, 고리키의 작품을 보여주었다. 지역 언론의 보도에 따르면 톨스토이 작품은 "열광적인 갈채"를 받았다.

오, 어제 그녀는 우리 도시의 가장 유명한
카페에서 (……) 얼마나 웃어야 했는지
O, wie mußte sie gestern im hervorragendsten
Kaffeehaus unserer Stadt (...) lachen...
AdB, Bd. 4, S. 144~149 (306/I)
달력 종이
ca. 16.5/17.5×5.0/8.0cm
1926년 8월~9월 추정

독서를 통해 자극을 얻는 것은 베른 시절 발저가 지속적으로 보여주는 주제로, 작가가 허구의 이야기를 지어내기 위해 스스로 고민하는 어려움과 병행해서 나타난다. 이 산문에서는 참조한 텍스트에 대한 암시와 감춤이 뒤섞여 나타난다. 발저는 텍스트에 언급된 정신분석에 대해 이따금, 그러나 상세하지는 않게 자신의 작품에서 다룬다.

내가 극장 상황에 관한 이 글을 전혀 서두르지 않는 것은Wenn ich mich mit diesem Aufsatz über Theaterzustände eigentlich gar nicht beeile...
AdB, Bd. 5, S. 309~313 (328/II)
얇은 회색 종이의 긴 띠
ca. 29.4×7.1cm, 잘라낸 그림
1927년 봄 추정

발저는 여러 방식으로 극장과 연결된다. 젊은 시절에 그는 배우가 되고자 했고, 작가로서 산문이나 서정시 외에 짧은 드라마나 연극 장면들을 썼다. 그는 베른에서 규칙적으로 시립극장을 방문하기도 했다. 이 텍스트에서 언급된 정규 앙상블을 갖춘 제도화된 극장에 의한 연극의 시민화는 자유 기고가였던 발저의 불안정한 삶과 대조된다.

이날 밤 나는 아무런 꿈도 꾸지 않았다Es
träumte mir diese Nacht nichts...
AdB, Bd. 5, S. 155~160 (334/II)
『짐플리치시무스』의 양식화된 거절 편지
ca. 14.6×22.4cm, 잘라낸 그림
1926년 초 추정

로베르트 발저는 이 텍스트를 풍자 잡지
『짐플리치시무스』의 사전에 표준화된 거
절 내용을 담은 서식 용지의 뒷면에 기록
했다. 이미 제1차세계대전 전에도 발표한 바 있는 이 인기 잡지에 발
저의 텍스트 스무 편 이상이 1925년과 1928년 사이에 실렸다.

오래 생각할 것 없이 나는 그를
올리비오라고 부른다Ohne mich lang zu
besinnen, nenne ich ihn Olivio...
AdB, Bd. 4, S. 241~247 (397/I)
달력 종이
ca. 16.5/175×4.9/8.2cm
1927년 9월~10월

동화 같고 그로테스크하고 환상적인 요소
들은 처음부터 로베르트 발저 작품의 특징
에 속하고, 후기 작품에도 그것들의 위상
은 여전히 유지된다. 이 텍스트는 신체 쇼
라는 바로크적 주제와 신체 세계에 관한
조형적인 상상력을 까다로운 등반 구간의 이미지와 연결시킨다.

모든 임의의 주머니들이 믿는다면Wenn jede beliebige Tasche glaubt…
AdB, Bd. 4, S. 13~16 (402b/IV)
달력 종이
ca. 16.5/17.5×5.0/8.0cm
1927년 10월

'Tasche'('주머니'에 해당하는 스위스 독일어)는 사람에게 사용하면 경멸적인 의미를 지닌다. 발저는「뷔렌」이란 산문에서도 이 텍스트에서와 비슷한 방의 벽들을 다룬다. '쿠치'라는 이름은 1907년의 여러 텍스트에서 등장하고, 두 편의 텍스트를『극장』에 발표할 때 발저 자신의 예명처럼 작가로 등장한다. 발저는 한 산문에서 장 파울에 관해 "독일의 서사적 품에서 나온 가장 아름다운 소설인「교장 선생님 부츠」를 이미 스무 번 정도" 읽었다고 쓴 바 있다.

강력한 부드러움으로Mit kraftvoller Zartheit…
AdB, Bd. 5, S. 49~51 (409/I)
1927년 10월 14일 프라하에서 발행된 인쇄물 표지 일부
ca. 13.8/14.2×9.8cm
1927년 10월

발저는 연필로 초고를 쓰고 펜으로 정서를 했다. 타자기에 대한 그의 의구심은 자신

의 글쓰기 과정에 대한 성찰의 출발점을 이룬다. 종이에 손글씨로 쓸 때 느끼는 저항과 서투름은 예를 들면 'Cheib/Keib'('사나이'를 가리키는 스위스 독일어)의 어원에 관한 허구적 추론의 경우처럼 풍부한 착상을 불러일으키기도 했다. 발저는 수년에 걸친 고집스러운 훈련으로 다시 글을 쓸 수 있게 연마된 손이 하나의 텍스트가 생겨나는 데 결정적인 역할을 했다는 것을 여러 곳에서 밝힌다.

오늘의 글을 쓰는 수고로 당신에게 알려주려 한다Ich lasse Sie mit heutiger Schreibbemühung wissen...
AdB, Bd. 5, S. 260~263 (415/I)
프라하에서 온 포장지 일부
ca. 12.0×9.3cm
1927/28년 겨울

이 텍스트는 발저에게 온 편지와 관련된 것처럼 보이는데, 이 편지는 다른 마이크로그램의 뒷면에서 발견되었다. 발저는 개인적 서신의 문학화와 병행해서 여성 수신인에게 보내는 편지라는 형식을 종종 문학적인 역할 산문의 형태로 사용한다. 그때 그는 성별 전환을 통해 끝에 가서는 장르 자체의 규범과 유희한다. 또한 니체에 대한 상반되는 감정은 발저의 여러 텍스트를 관통하며 나타난다. 1925년 베른에서 헬라스라는 이름으로 설립된 '그리스 애호가들의 모임' 활동가들을 새로운 아틀란티스를 향한 동시대인들의 동경과 연결시킨다.

대도시에 사는 것을 더 높이 평가하지 말
것Einen Weltaufenthalt nicht höher
einzuschätzen...
AdB, Bd. 5, S. 298 f. (419/I)
봉투 일부
ca. 13.5/14.6×9.1cm
1927/28년 겨울로 추정

발저는 여러 종류의 편지 봉투에 기록했는
데, 이 경우에는 용지의 투명성 때문에 글
씨가 분명하게 두드러져 보인다. 풀을 칠한 자국으로 인해 종이가
일그러진 것을 피할 수 없었고, 그 위에 글이 쓰였다.

벽들이 검게 빛을 내는 방안에서In einem
Gemach, dessen Wände schwarz strahlten...
AdB, Bd. 5, S. 304~306 (430/II)
1928년 1월 6일 사진의 스포츠 페이지 일부
ca. 17.6×7.9cm
1928년 1월~3월

테두리 쳐진 산문 텍스트의 중심에 놓인
것은 레오나르도 다빈치의 〈모나리자〉이
다. 루브르에 있던 이 그림은 1911년 이탈
리아의 채색공 빈센초 페루자에 의해 도난
당했다. 이 엄청난 사건은 1913년에야 비
로소 밝혀졌다. 회화작품들은 발저에게 여
러 차례 글을 쓰는 동기를 제공했는데, 그때 발저는 주변적인 것을
중심에 놓음으로써 회화에 대한 고전적 묘사를 대부분 거부했다.

그녀는 자신의 분노에 화가 나서
새파래졌다Vor Wut über ihre Wut war sie
grün...
AdB, Bd. 5, S. 124 f. (444b/II)
1928년 1월 5일 프라하에서 온 포장지의 표지
일부
ca. 14.3×10.1cm
1928년 3월~4월

발저의 작품에서 명백한 성적 메타포에 근
거한 기이한 거세 이야기는 수직으로 된 세 개의 물결선으로 그어져
있다. 전체 텍스트에 줄을 긋는 것은 마이크로그램에서는 아주 드물
다. 이 경우 종이 뒷면에는 수평으로 된 두 줄이 두 편의 시를 관통
해서 그어져 있다. 이 두 편의 시는 한 여성의 거절을 주제로 삼고
있어 세 텍스트 사이에 연관 관계를 추측하게 한다. 그에 반해 발저
가 출판을 위해 정서한 시들에는 꺾쇠가 표시되어 있다.

이 이야기는 아름답다기보다는 차라리
우스꽝스럽다Diese Geschichte ist eine eher
drollige als schöne...
AdB, Bd. 5, S. 369~371 (449/II)
1928년 1월 6일 사진의 스포츠 페이지 일부
ca. 14.0/15.0×6.2/6.8cm
1928년 3월~4월

조롱하는 이름 뒤에는 1925/26년에 드러
난 『노이에 취르허 차이퉁』의 편집자 에두
아르트 코로디와의 갈등이 숨겨져 있고,
그것에 또다른 관련자인 『프라하 신문』의

편집인 오토 피크(피크닉Picknik으로), 오렐 퓌실리출판사(난로 연통 Ofenrohr)가 등장한다. 『연필 영역에서』는 발저에게 자신의 적들을 대놓고 공격하는 것을 허용하는 사적인 공간을 마련해준다. 따라서 이 텍스트에서 그는 이 보호된 공간 속에서 낯설게하기와 암호화하기라는 유머러스한 형태를 실험했다.

룬트리히 부인은 태도가 화려하고Frau Rundlich besaß eine prächtige Postur...
AdB, Bd. 5, S. 169~171 (466/I)
아트 일러스트레이션의 일부
ca. 14.2×3.7cm
1928년 초 추정

텍스트와 텍스트 용지는 원하든 원치 않든 서로를 상이하게 보여주는데, 말하자면 이 '룬트리히 부인'의 경우 뒷면에서는 여성의 형상을, 좁은 종이띠에서는 '물고기처럼' 유연한 시인을 보여준다. 발저는 모리츠 폰 슈빈츠의 그림을 찍은 사진의 뒷면을 활용했는데, 이 그림은 메클렌부르크의 오를레앙 헬레네 제후비를 그린 것으로, 화가가 자신의 바르트부르크 그림을 작업할 때 그녀가 어떻게 이 예술가를 돕는지를 보여준다.

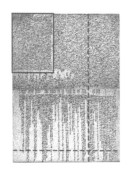

거기 서식하며 그 지역에 이름을 붙인
녀석들은 덥수룩한 털을 가지고Die, die ihn
bewohnen, die ihm seine Bezeichnung geben,
haben etwas Zottiges...
AdB, Bd. 5, S. 80~82 (481/III)
1926년 5월 15일 프리다 메르메트의 전보
ca. 18.0×23.2cm, 잘라낸 그림
1926년 5월~8월

이 산문은 같은 용지에 쓰인 한 편의 시 옆
에 놓이는데, 이것은 드문 경우로 부분적으로는 연필 선으로 경계가
그어져 있다. 발저는 베른의 주변 환경을 다루는데, 베른은 1513년
부터 베렌Bären으로 불렸고, 1857년부터는 니데크Nydegg 다리에 베렌
해자Bärengraben가 존재했다. 1914/15년 레닌이 베른에 체류한 것이
세계사적 발전이란 그의 언급의 출발점을 이룬다.

여기는 조심스럽게 번역된다Hier wird
sorgsam übersetzt...
AdB, Bd. 2, S. 355 (484/VI)
아트지
ca. 21.6×13.1cm
1925년 1월~3월

다른 열한 편의 시와 함께 하나의 종이에
적힌 이 시는 (6연으로 되어 있고, 마지막 연은
세 차례의 시도를 거쳐 생겨났다) 폴 베를렌의
「내 마음 속에 비가 내린다Il pleure dans mon
cœur」에 대한 비난을 담고 있다. 각운은 이 프랑스 시인 이름에 대한
독일어식 발음과 프랑스어식 발음 사이에서 교대로 나타난다. 이 시

를 쓴 동기를 제공한 사람은 아마도 알프레트 프랑크하우저일 것이다. "베를렌의 시를 옮길 수 있는 유일한 독일 시인"이란 그의 칭찬에 발저는 다음과 같이 대답했다고 한다. "베를렌, 그 늙은 염소를 내가 옮겨야 한다고? 내가 그 작자의 짐꾼이 될 필요가 있을까?"

나는 이 눈 내리는 풍경이 아름답기를 소망한다Diese Schneelandschaft wünsche ich mir hübsch...
AdB, Bd. 5, S. 83~86 (501a/III)
뜯어낼 수 있는 8절지
ca. 19.2×13.6cm
1926년 2월~4월

눈은 이 제목을 가진 두 편의 시(1898/99)에서부터 1956년 12월 25일 헤리자우의 눈 속에서 죽을 때까지 발저의 생애와 작품에서 중심 모티프를 이룬다. 이 텍스트는 무엇보다 윌리엄 셰익스피어의 『겨울 이야기』, 프리드리히 다니엘 슈바르트의 『썰매 노래』, 그리고 이반 세르게예비치 투르게네프의 확인할 수 없는 중편을 언급한다.

후기

1

로베르트 발저의 마이크로그래피는 그의 생애 동안 지켜져온 비밀이었다. 그 비밀이 부분적으로 드러났을 때, 마이크로그 래피는 오늘날 작가의 모습을 구성하는 하나의 신화로 굳어 졌다. 그렇게 발저의 마이크로그래피의 '역사'는 하나의 그림 퍼즐Kippfigur 같은 특징을 보여준다. 526장의 극도로 작은 연 필 글씨로 쓰인 종이들은 처음에는 인쇄된 작품 뒤에 숨겨져 있었지만, 발견된 후에는 이 종이들이 점점 더 압도적인 빛을 발한다. 마이크로그래피 현상의 마력이 스스로 드러나는 동 안, 이 텍스트들은 내용상으로는 『연필 영역에서』에 관한 부 단히 새로운 연구를 요구한다.

마이크로그램 메모지들은 로베르트 발저 유작의 일부로 나 타났다. 정확히 언제 이 종이 뭉치들이 발저의 최초의 편집인 이자 이후에는 후견인이 된 카를 젤리히Carl Seelig의 손에 들어 갔는지는 확실하지 않다. 발저가 1929년 발다우의 정신 치료 및 요양원에 들어간 이후 그의 방에 남겨졌던 일련의 원고와 인쇄 자료들은 아마도 그의 누나인 리자 발저를 거쳐 1937년 3월에 카를 젤리히에게 넘겨졌을 것으로 추측된다. 헤리자우 치료 및 요양시설에 발저가 간직하고 있던 원고와 인쇄 뭉치로 가득찬 '낡은 구두 상자'는 작가가 세상을 떠난 후, 이 시설의 수련의였던 한스 슈타이너에 의해 1957년 8월 11일 젤리히에게 넘겨졌다. 극도로 미세한 글씨체의 산물은 이렇게 해서 후세에 간직되었지만, 그것이 생겨난 과정은 지극히 비밀스럽게 남아 있다.

발저가 기계적인 '글쓰기 과정', 그리고 그 스스로가 그렇게 불렀던 것처럼 '연필 영역'을 깊이 통찰했다는 가장 잘 알려지고 거듭 인용되는 증언은 1927년 6월 20일 막스 리히너Max Rychner에게 보낸 편지다. 발저는 『노이에 슈바이처 룬트샤우』의 편집자인 그에게 이미 베를린 시절이 끝나갈 무렵 펜으로 글을 쓸 때 "정말로 손의 비정상성, 일종의 경련"을 경험했다고 쓰고 있다. 로베르트 발저는 원래 지극히 잘 다듬어진 필체를 구사했을 뿐 아니라, 작가로 활동하던 처음 몇 년 동안에는 펜으로 단번에 자기 텍스트의 최종 버전을 만들 수 있었던 것처럼 보인다. 마찬가지로 발저는 『타너가의 남매들』『조수』와 같은 소설을 불과 몇 주 만에 직접 정서를 했다고 카를 젤리히에게 밝힌 바 있다. 실제로 남겨진 수고들에서 수정하거나 고쳐 쓴 흔적이 거의 없다는 사실은 놀라울 정도이다. 1911/12년, 그러니까 독일의 수도 베를린에서 작가로서 자신의 생존이 점점 더 의문시되어가던 시기에 그에게 이 같은 작업 방식은 더이상 작동하지 않았던 것처럼 보인다. 리히너에게 고백한 것처럼 발저는 "연필로 긁적이기, 그려넣기, 잡다한 일하기", 구체적으로 연필로 초안을 쓰고 펜으로 정서하는 두 단계 쓰기 체계를 발전시키기 시작하는 동안 이 같은 위기 상황의 "글 쓰는 펜에 대한 싫증"에서 벗어나고자 했다. 자신의 진술에 따르면 그는 "대략 10년 전에", 그러니까 1917년경에 자신의 모든 텍스트들을 '연필 체계Bleistiftsystem'로 초안하기 시작했는데, 이는 그것을 펜으로 '베껴 쓰는 시스템Abschreibesystem'으로 다시 정서하는 것이었다. 그것을 통해, 즉 "연필의 도움으로" 그의 "작가적 욕망"이 다시 되살아났다는 것이다. "내게는 그러니까 해체의 시기가 있었는데, 그것은 손글씨에서, 그것의 해체에서 스스로를 비춰보고, 연필로 쓴 것을 베껴 쓰는 동안 나는 어린아이처럼 글 쓰는 것을 다시 배웠다." 마이크로그램 초안과 정서로 전해지는 산문 작품「연필 스케치」속에 나오는 '연필 방식Bleistiftmethode'이란 언급은 하나의 작업 방식을 의미하는데, 그것은 '우회' 그리고 '더 많은 노력'을 요구하지만 '만족감'을 주고, '독특한 행복'으로 커져갔다.

비록 두 단계의 글쓰기 체계가 시기적으로는 훨씬 이전으로까지 거슬러올라간다 하더라도, 남겨진 것은 1924년부터 1932/33년의 시기에 쓰인 마이크로그램 쪽지들뿐이다. 실제로 1924/25년은 발저의 저술에서는 새로운 시작을 의미한다. 새로운 출판 가능성과 함께 텍스트 생산이 엄청나게 늘어나는데, 특히나 『프라하 신문』 『프라하 일간지』가 그의 텍스트를 받아주는 주요 매체가 되었다. 그가 빌에 머문 시절에도 이미 연필로 초안을 잡았다는 것을 생각하면 "그의 작품의 최소한 3분의 2는 『연필 영역에서』에 근원을 두고 있다"는 요헨 그레벤Joehen Greven의 주장에 이르게 된다. 이 영역은 세 부분으로 나누어진다. 일부는 단순히 연필 초고로 존재하고, 일부는 발저가 정서를 했고, 또다른 일부는 분실되었다. 그러나 그가 이 종이들에 지극히 미세한 흘림체로 썼다는 이 유일무이한 사실은 리히너에게도 발설하지 않았다.

글 쓰는 과정에서 두 단계 글쓰기 시스템이 작업의 중단을 극복하고, 텍스트 생산의 차원에서는 새로운 창의력을 획득하는 것을 의미한다면, 이 같은 분업적인 작업 절차는 세번째 차원에서는 해방으로 작동한다. 발저가 자신의 텍스트를 숨겨진, 동시에 사적인 공간에서 자유롭게 초안하고, 나중에 베껴 쓰면서 자기 자신에 대한 편집인으로 텍스트를 관리하는 동안, 그는 점점 더 어려워지는 출판 가능성 때문에 상실해갔던 글쓰기의 자율성과 독립성을 되찾을 수 있었던 것이다. 그는 작가로서 자신의 존재를 잠식시키는, 사적인 것과 공적인 것의 분리를 글쓰기 과정 자체에 옮겨놓고, 이를 통해 다시 이 같은 분리를 생산적으로 이용할 수 있었다. 그가 극도로 작은 글씨의 '강요'에 스스로 굴복하는 동안, 그는 이 '사적인 작업 공간'에서 자신을 동시에 '흘러가도록 놔둘 수' 있었고, 이 텍스트 상의 경계를 두 가지 방식으로 진행시켰다. 하나의 종이 위에 여러 개의 텍스트를 나란히 생겨나게 하는 것과, 그 밖에도 그래픽상으로나 내용상으로 서로 상호 작동하게 하는 것이다.

그러나 이 베껴 쓰기는 또한 단순히 '사무적이고' 기계적인 과정을 보여주는 것뿐만 아니라 독특한 '변형의 성과'를 보여주는데, 이 과정을 통해 텍스트들이 '새로' 쓰였다. 베껴 쓰기가 종종 고쳐 쓰기와 같다 할지라도 이 마이크로그래픽한 연필 텍스트들은 아주 제한된 의미에서만 '초안'으로 분류될 수 있다. 발저는 리히너와의 편지에서 스스로는 초안이라고 말하지만, 마이크로그램을 잘 살펴보면 애초에 그래픽상으로나 내용상으로 '완성된' 텍스트가 나타난다. 교정하고 덧붙인 흔적은 아주 적다는 것을 바로 알 수 있다.

글 쓰는 시간이 글 쓰는 공간으로 번역되는 동안, 발저의 마이크로그래피는 아주 명백하게 글쓰기를 신체적 행위로 보여준다. 마이크로그램의 미학적 매력은 다시금 글씨, 텍스트의 블록들, 그리고 텍스트 용지 사이의 다양한 특징 속에서 생겨난다. 문예학 내부에서뿐 아니라 조형예술의 측면에서도 더해지는 국제적인 관심은 '예술품'으로서의 특성을 부여한다.

이 마이크로그래피의 매력은 예술적 활동의 물질화와 더불어 무엇보다 발저의 전 작품을 특징짓는, 삶과 예술이 연루되는 데에서 절정에 달한다.「선한 사람들이 한때 나를 보았던 그곳」이란 시에서는 발저는 자신의 글을 하나의 도피이자 삶으로의 회귀로 성찰한다. 시적 자아는 처음에는 글을 쓰면서 삶의 무리한 요구에서 빠져나온다고 시사한다면("나는 산문에서 산문으로 미끄러지고 / 그것으로 한때의 내 모습을 숨긴다. / 원치 않는 감상이 내게 다가올 때면."), 글 쓰는 행위의 행복의 순간을 결국은 삶으로 귀결시킨다("산문에서 더 작은 산문들로 / 나는 그렇게 미끌어진다, 마치 배를 탄 것처럼, / 그리고 배가 내게 그렇게 행한 것처럼."). 발저는 이중의 움직임 속에서 자신의 구체적인 일상의 글쓰기 동기를 처리하는 동시에 체험한 것과 읽은 것을 감추지만, 삶은 점차적으로 글쓰기 속에서 모습을 드러낸다. 그런 한 발저의 마이크로그램은 앞으로 다가올 침묵의 표시나 심지어는 병리학적 자기 상실이라기보다는, 정반대로 작가로서의 과격한 자기주장의 시도로 읽힌다.

2

마이크로그램은 그 수용이 채 시작되기 전에 하마터면 사라질 뻔했다. 1937년 이후 마이크로그램을 소유하고 있던 카를 젤리히는 1958년 12월 10일에 최종적인 뜻을 밝혔는데, 그는 로베르트 발저의 모든 손글씨가 "그의 뜻에 따라" 불태워질 것을 요구했다. "그중에서 어떤 것도 출판되어서는 안 된다는 것이 나의 의지"라는 것이다. 이 같은 처리 방식은 그가 일 년 전에 취한 행동과는 명백히 모순된다. 젤리히는 이십 년 동안 마이크로그램에 대해 침묵하다가 발저 사후에 문화 잡지 『두 Du』에 선별한 마이크로그램 텍스트들을 발표했던 것이다. 이 잡지의 프로그램이 문학 텍스트와 이미지 사진을 비슷한 정도로 배치하는 것으로, 그런 형태의 출판을 위해서 만들어진 이 잡지에서 여론은 처음으로 로베르트 발저의 마이크로그램에 대해 주지하게 되었다. 젤리히는 당시에 다음과 같이 짧은 코멘트를 썼다.

시인이 1920년대에, 그리고 나중에는 정신질환 발병 시에 사용했던, 스스로 고안해낸 해독할 수 없는 이 비밀 문서는 아마도 여론 앞에서 자신의 생각을 숨기기 위해 수줍은 도피로, 캘리그래피처럼 매혹적인 위장 수단으로 해석되어야 한다.

그러나 사진들과 이 코멘트가 도전의 계기로 작동했음에 틀림없다. 실제로 젤리히는 '로베르트 발저'란 주제에 몰두해 있던 쾰른의 한 박사과정 연구자에게서 편지 한 통을 받았는데, 이 박사과정 연구자의 이름은 요헨 그레벤으로 젤리히가 세상을 떠난 후 두번째 발저의 편집인이 되었다. '인쇄로 변환 작업'을 첨부한 이 편지는 발저의 마이크로그래피를 해독할 수 없다는 젤리히의 주장을 반박했다. 얼마 후 젤리히는 자신의 권리에 관해 문서화했는데, 그것은 알려진 바대로 1962년 그의 죽음 이후에는 지켜지지 않았다.

잡지『두』에 출판된 지 십 년이 지난 후에 요헨 그레벤은 '마이크로그램'이란 명칭을 사용했고, 1967/1968년에 첫 부분을 해독하기 시작했다. 그는 그때 마르틴 위르겐스Martin Jür-gens의 도움을 받았다. 1972년 그레벤은 13권으로 된 전집을 편찬했고, 12/1권은 초안이라고 밝히면서 마이크로그램 뭉치에서 나온『도둑-소설Räuber-Roman』과「펠릭스 장면Felix Sze-nen」을 포함시켰다. 이 두 텍스트는 출판을 위해 제공되었는데, 비교적 쉽게 해독할 수 있었고, 높은 연속성을 보여주었기 때문이었다.

1980년과 2000년 사이에 베른하르트 에히테Bernhard Echte와 베르너 모어랑Werner Morlang은 '연필 영역' 전체를 밝혀냈다. 작가의 생전에 출판되지 않은 모든 마이크로그램을 포함한 그들의 개척적인 편집(AdB)은 우리 시대의 "가장 중요한 문학적 업적"으로 평가되었다. 이 두 편집인들은 정서 작업이 불확실할 수밖에 없다는 점을 밝혔다. 그것은 마이크로그램에서는 보다 나은, 혹은 보다 못한 것은 있을 수 있지만, 결코 유일하게 옳은 옮겨 쓰기Transkription란 있을 수 없다는 것이다. 바로 여기에서 해독 작업이 텍스트 이해와 떨어져서는 안 되고, 텍스트 이해와 순환적으로 연결되어 있다는 점이 나타난다. 추정된 뜻을 끊임없이 발전시키고 검토하는 것이야말로 비로소 정서 작업을 가능하게 만든다. 독서 결과가 발저의 언어적 창안 방식에 대한 전제와 선입견에 의해 얼마나 영향을 받는지를 보여주기 위해 베른하르트 에히테는 한 부분을 제시했는데, 그것은 한번은 "한 번도 세어지지 않은 머리카락의 검은색을 지닌 양귀비 잎Gringele von Mohnblättern mit niegezählten Haarschwärzlichkeiten"으로, 또 한번은 "지배자와 무수한 유사성을 가진 아침 신문의 편집자Herausgeber von Morgenblättern mit unge-zählten Herrscherähnlichkeiten"로 해독되었다.

후세뿐 아니라 로베르트 발저 자신도 마이크로그래피 해독에 어려움을 겪었는데, 그가 마이크로그램을 출판사나 편집부에 제공하기 위해 정상적인 문자로 다시 써야 했을 때가 처음이 아니었다. 쓰기와 관련하여 마이크로그래피 속에 놓인 어려움은 명백하다. 그 속에서 글쓰기의 경직에서 완화되는 것을 경험했다는 발저의 언급은 일차적으로는 다루기 어려운 펜에 비해 연필로 쓰기가 주는 장점과 관련된다. 마이크로그래피는 발저가 수 년 동안 지속적이고 일관되게 이 체계에 머물렀다는 것을 통해서도 설명이 필요한 현상이 되었고 많은 해석이 시도되었다.

발저는 심리적인 문제로부터 자유롭지 않게 살았기 때문에 마이크로그래피에서 강제적인 동기를 인식하는 것이 중요한데, 그것은 문명화되고 비정상적인 한 예술가의 개성이 보여주는 극심한 까다로움으로 분류될 수 있다. 마이크로그래피는 종종 발저의 이른바 '침묵'과 연결되었다. 늦어도 헤리자우에서 발저는 글쓰기에 대한 모든 흥미를 잃었던 듯이 보인다. 이 경우에는 점점 더 작아지는 글씨, 마이크로그래피라는 달팽이집으로의 후퇴, 스스로 읽을 수 없도록 쓰기는 침묵의 은유적 선취로 이해되지만, 실제로 쓰인 것의 풍성함은 정반대 사실을 입증해준다.

합리적인 설명을 위한 명제를 찾는 사람은 마이크로그래피를 은유적으로 해석하지 않고, 오히려 그것을 목적에 맞는 태도로 이해하려고 한다. 암호화된 잠금 시스템이 아니라면 아마도 젤리히가 추측했던 것처럼 일종의 비밀 문서 혹은 위장 문서인가? 발저가 자신의 작업을 세들어 살던 집 여주인들의 호기심 많은 시선에서 지키고자 했다는 상상은 여전히 가능하다. 분명 마이크로그래피하게 숨겨진 것 속에서 터부를 깨고 예의바름의 한계를 넘어서는 것이 그에게는 더 쉬울 수 있었다(「잔인한 관습, 윤리, 습관 등」 「그녀는 자신의 분노에 화가 나서 새파래졌다」 참고).

혹은 요헨 그레벤이 애초에 추측했던 것처럼, 그것은 개인적인 속기술이거나 은행 서기의 한때에서 끝내 벗어나지 못한 것일까? 특징적인 약어와 기호의 연속적인 이어짐은 그 같은 추측을 뒷받침해주고, 문자의 극단적인 촘촘함은 그런 추측에 상반된다. 심지어 발저는 어쩌면 속도 늦추기를 목표로 삼았을 수도 있다. 그리고 때로는 신문 칼럼의 레이아웃을 상기시키는 조심스럽고 탁월한 면 구성 또한 속기술이란 표상에는 그다지 맞지 않는다.

켈리그래피를 연상시키는 것은 발저의 글쓰기를 이용한 사회화를 통해 이해할 수 있다. 발저는 학교에서 배운 대로 반듯하게 쓰기와 '아름답게 쓰기'를 단순히 은행 지점에서뿐 아니라 그의 문학 작업실에서 정서하는 데도 실천했다. 그러나 마이크로그래피의 경우에 '아름다움'은 정반대로 문자의 낯설게 하는 효과와 과장된 형태에서 찾아볼 수 있다. 이 같은 이해는 마이크로그래피를 특별히 발저의 후기 작품에서 주도적으로 나타나는 유희적 요소와 연결시킨다. (어린아이 같은) 유희, 발저가 말하는 "참견하기"는 일상적인 행위가 필요로 하는 설명의 강제성 없이 작동하고, 스스로 자족한다. 이 같은 의미에서 그의 마이크로그래피를 '순수 문자'로 이해하고, 발저의 글쓰기 상황이나 읽기 상황 또한 어떻게 주제가 될 수 있는지를 고려한다면, 자체적인 것 외에는 어떤 것과도 관련되지 않는 '현대' 문학의 정신으로 직접 이어지는 길에 다다르게 된다.

3

마이크로그램 뭉치는 총 526장과 메모들로 이루어졌는데, 그것들은 대부분 더 많은 숫자의 개별 텍스트들을 담고 있고, 1924년과 1932/33년 사이에 쓰인 것들이다. 그렇다면 그것들은 발저가 1921년과 1933년 사이에 살았던 베른에서 쓴 것들인 셈이다. 1966년 이후 그것은 발저의 유작 관리 재단(처음에는 카를 젤리히 재단. 2009년 이후에는 베른 소재의 로베르트 발저 재단)의 소유가 되었고, 2009년부터는 스위스 국립도서관의 스위스 문학 아카이브의 소장품으로 보관되었다. 그것들은 1973년부터 오늘날 베른에 있는 로베르트 발저 센터의 일부에 속하는 취리히 소재의 로베르트 발저 아카이브에 의해 관리되고 있다.

마이크로그램 뭉치는 세 종류의 용지 유형으로 구분된다. 첫번째는 1924년부터 1925년 가을까지 날짜가 적힌 117장의 아트지 한 면에 적힌 것들이다. 두번째는 1926년 투스쿨룸 달력 가운데를 세로로 반으로 접어 그 뒷면에 쓴 156장으로, 1926년과 1927년 가을 사이에 기록된 것들이다. 세번째 그룹은 253장의 서로 다른 종이와 메모지로, 그중에는 공문 용지, 편지봉투, 영수증, 잡지의 낱장, 전보와 엽서, 명함과 8절지 크기로 된 여러 종류의 종이들인데, 그것은 1925년과 1932/33년 사이에 쓰인 것으로, 일부는 앞면에, 일부는 뒷면에, 또다른 것들은 양면에 적혀 있다. 모든 종이의 뒷면에 적힌 붉은 숫자는 1967년 요헨 그레벤이 뭉치들을 검토할 때 적어넣은 것이다. 1부터 526까지의 숫자들은 그가 유고 속에서 발견한 용지의 숫자와 순서를 나타낸다.

대략적으로 계산하면 발저는 인쇄면으로 4000장이 넘는

분량의 마이크로그래피 중 족히 절반은 정서를 했는데, 정서
는 대부분 처음 쓰인 후 며칠 뒤에 이루어졌다. 오로지 마이크
로그래피 형태를 취한 마이크로그램 텍스트들만 체계적으로
해독되어 6권의 『연필 영역에서』로 지금까지 출판되었다.
2008년부터 나오는 발저의 '모든 인쇄 및 수고'는 마이크로그
램 전체를, 그러니까 정서 이전 단계까지도 출판할 계획이다.
발저에 의해 더이상 정서되지 않은 텍스트들은 출판된 작품
을 통해 이미 알려져 있는 전체 스펙트럼을 망라한다. 그것은
전설적인 『도둑-소설』을 비롯하여 24개의 「펠릭스 장면」,
325편의 산문 작품, 335편의 시, 35개의 연극 장면들과 10개
의 미완성작을 포함한다. 이 독특한 글쓰기 시스템과 발저의
모던한 텍스트에 대한 국제적인 관심은 스페인, 프랑스, 영국
의 선집에서도 드러난다.

이 선집은 베른하르트 에히테와 베르너 모어랑의 해독 작
업에 근거했다. 마이크로그램의 성립과 전수, 그리고 연대뿐
아니라 해독 문제에 대한 상세한 정보들은 6권의 판본(AdB)에
대한 머리말과 후기에 들어 있다. 여기에 실린 텍스트의 선별
을 위해서는 텍스트와 마찬가지로 이미지와 관련된 기준을
적용했다. 선별된 텍스트들은 『연필 영역에서』의 전반적인
문학적 스펙트럼을 관통하는 단면을 제공하는 동시에 그것들
이 적힌 용지의 형태와 관련해서도 대표적인 것들이다. 이렇
게 해서 이 판본에는 산문 작품 외에도 몇 편의 시와 연극 장

면 하나가 들어 있고, 사진은 다양한 종이의 형태들을 보여주며, 심지어 아트지나 달력 종이와 같은 특별한 텍스트 용지들을 보여준다. 다양한 형상과 물질적 특성을 전달하기 위해 앞면과 뒷면 외에 애초에 인쇄된 텍스트를 볼 수 있는 각각의 종이들도 인쇄했다. 선택된 낱장 중 몇 장은 이 판본에서 사용하는 폭의 규격보다 크기 때문에 그 사진들은 조금씩이나마 잘려야 했지만, 대부분의 경우에는 원래 크기가 유지되었다. 마이크로그램 용지당 매번 하나의 정서된 텍스트만 선택되었다. 이 판본에 실린 텍스트의 순서는 요헨 그레벤에 의해 제시된 마이크로그램 용지의 아카이브 번호에 따른다.

발저의 후기 작품에서 마이크로그래피는 중심적인 위치를 차지한다. 1924년 중반부터 쓴 거의 모든 것을 발저는 자신의 마이크로그래피 작업장 속에서 초안했기 때문이다. 그렇게 해서 생겨난 글쓰기 영역은 오로지 자신에게만 허용되는 것이었고, 검토하거나 반응하도록 유도했다. 이 같은 절차는 경우에 따라 일반인에게 보여질지를 결정할 필요성도 함축하고 있었다. 몇몇 제외된 텍스트는 출판을 위해 준비된 것보다 더 거칠고 대담하거나 터부를 깨고 있다는 사실은 당연하다. 이 책은 발저가 자기 삶의 전부였던 작품에 두었던 비중에 대한 인상을 전달해줄 것이다.

루카스 마르코 기지, 페터 슈토커, 레토 조르크

해설

로베르트 발저의 『마이크로그램』에 관하여

1. 『마이크로그램』에 관하여

　지금까지 국내에 소개되고 연구된 로베르트 발저(1878~1956)의 작품이 적은 편은 아니다. 그러나 실제로 그것은 몇몇 대표 작품, 이를테면 초기 장편소설 『벤야멘타 하인학교』 『타너가의 남매들』이나 『산책』 『산책자』 『세상의 끝』 등 대표 산문에 머물러 있을 뿐, 발저 문학의 더 많은 부분은 국내에서는 여전히 미답의 영역으로 남아 있다. 발저가 작품 활동 초기부터 생의 마지막 단계까지 줄곧 썼던 수백 편에 이르는 시 작품은 거의 알려지지 않았고, 1500편에 가까운 산문 텍스트도 극히 일부가 번역되었을 뿐이다. 또한 작가로서의 입지를 다지기 위해 여러 잡지에 꾸준히 발표했던 다양한 형태의 리뷰들도 국내 연구자들의 손길이 채 미치지 못했기는 마찬가지다. 이처럼 잘 알려지지 않은 작품들 중에는 그의 작품 활동의 후반부에 속하는 이른바 베른 시기에 쓰인 것들이 많다.

　발저의 생애에서 베른 시기는 1905년부터 형 카를 발저와 함께 베를린에 체류하던 그가 1913년 스위스로 돌아온 후, 고향인 빌을 비롯한 여러 곳을 전전하다 1921년부터 베른에 머물던 시기(1921~1933)를 가리킨다. 이 시기에 발저는 여러 편의 시와 산문 작품들을 『프라하 신문』*『프라하 일간지』**『베를리너 일간지』 같은 신문에 발표했지만, 산문집이나 시집 출판을 위한 시도는 자주 거절당한 채 시간이 흐를수록 커져가는 사회적 고립과 경제적 어려움에 시달리던 시기이기도 하다. 1925년 그의 생전에 마지막 산문집 『장미*Die Rose*』(Berlin: Rowohlt)가 출판되고, 산문들이 여기저기 실리기도 했지만, 마지막 소설로 알려진 『도둑*Der Räuber*』***은 비슷한 시기에 쓰였음에도 생전에는 빛을 보지 못했다.

1920년대 이후 손의 움직임에 이상 증세를 느낀 발저는 펜

---

* 체코 프라하에서 발간되던 『프라하 신문』은 문단에서 점점 고립되어가던 이 시기의 발저에게는 가장 중요한 언론 매체였다. 이 신문은 1925년부터 1937년 사이에 거의 200편에 가까운 발저의 짧은 산문들을 실었다. 이 시기(1921~1938) 동안의 편집자는 아르네 라우린Arne Laurin이었고, 문예란은 오토 피크Otto Pick가 1921년부터 1939년까지 맡고 있었다.

** 1876년부터 1939년까지 프라하에서 발간된 일간지로 에르곤 에르빈 키슈Ergon Erwin Kisch와 프리트리히 토르베르크Friedrich Torberg가 한동안 편집을 맡았고, 막스 브로트Max Brod도 이들과 함께 작업했다.

*** 1929년 발다우 정신요양원에 들어가기 이전에 쓰인 이 작품은 그의 마지막 소설이다. 애초에 제목도 달고 있지 않는 이 소설을 과거의 발저 연구자들은 정신질환의 증후로 보고, 애초에 출판할 의향이 없었던 것으로 파악했지만 그것은 사실이 아닌 것으로 밝혀졌다. 이 소설은 1968년에 해독되었고, 1972년 헬무트 코소도 출판사에서 나온 『전집*Das Gesamtwerk*』의 XII/1권에 처음으로 수록되었다.

으로 쓰기를 중단하고 연필로 작업한다. 그리고 나중에 그 위에 다시 펜으로 정서하는 작업 방식, 다시 말해 그가 '연필 체계'라 부른 작업 방식을 취한다. 이처럼 연필과 펜으로 이중으로 쓰인 각종 원고 뭉치들, 이른바 '마이크로그램' 중에는 1929년 본인의 의사와는 달리 '정신분열증Schizophrenie'이란 병명으로 베른 근처의 발다우 정신요양원에 보내진 이후에 쓰인 것들이 많은 분량을 차지한다.* 이것은 정신요양원에 들어간 후에도 발저가 여전히 글을 쓰려는 욕구를 놓지 않고 있었음을 입증해준다.

이렇게 본다면 발저의 후기 작품들 가운데 중심을 차지하는 것은 '마이크로그램'이라 할 수 있다. 종종 '비밀 문서Geheimschript' 혹은 '암호문Kryptographie'이라 불렸던 발저의 마이크로그램은 극도로 작은 글씨체, 즉 마이크로그래피로 쓰인 526장의 각종 원고 뭉치로 이루어진다. 그것은 발저의 사후 그의 후견인 카를 젤리히(1894~1962)에 의해 세상에 알려진 이후에도 오랫동안 해독 불가능한 것으로 여겨졌다. 그러나 암호처럼 미세한 기표 속에 비밀스럽게 숨겨져 있던 기의들

---

* 1933년 헤리자우 요양원으로 옮겨간 후로는 일반 환자들과 같이 주어진 일, 예를 들면 봉투 붙이기나 은박지를 분류하는 일을 하면서 23년을 보내다 1956년 크리스마스에 세상을 떠날 때까지 그는 더이상 단 한 줄도 쓰지 않았다. 이 같은 생애의 마지막 단계는 발저의 삶을 전설적인 혹은 수수께끼에 싸인 모습으로 만들기에 충분하다.

은 요헨 그레벤의 작업을 이어받아 베른하르트 에히테와 베르너 모어랑에 의해 16년에 걸쳐 해독되고, 1968년에 마침내 『연필 영역에서』(이하 AdB로 표기)란 제목으로 총 6권으로 출간되면서, 이른바 '발저 르네상스'를 불러온 것은 주지의 사실이다. 이 작업에 대해 W. G. 제발트는 자신의 비평집에서 지난 수십 년을 통틀어 "가장 중요한 문학적 봉사"라고 부른 바 있다. 이를 계기로 발저 연구는 다시 활기를 띠면서 새로운 국면으로 들어섰고, 1933년 헤리자우 정신요양원에 들어간 후로는 단 한 줄의 글도 쓰지 않은 채 세상에서 잊힌 그를 '현대' 문학의 징후를 알린 작가로 재평가하는 작업이 이루어진다.

2011년 주어캄프 출판사는 이중에서 가장 인상적이고 중요한 33편을 선별하여 『마이크로그램』(2011)*이란 한 권의 선집을 묶어내었다. 이 선집에는 33편의 텍스트와 원본의 크기와 색채를 보여주는 68장의 사진이 수록되었다. 이것은 전체 마이크로그램에 비한다면 극히 일부에 해당하여 마이크로그램 세계를 대변한다고 보기에는 무리가 없지 않다. 그럼에도 이 편집본은 많은 마이크로그램 텍스트들 가운데 대표적인 것을 선별하고, 무엇보다 그에 해당하는 수기의 사진을 원본 크기대로 수록하여 발저의 후기 작품 세계를 표상하는 데 일종의 입문서 역할을 할 수 있도록 기획되었다. 이 글에서는 이

---

* 이후 이 선집에서 인용할 경우 괄호 속에 페이지만 표시함.

『마이크로그램』을 바탕으로 발저의 후기 작품 세계를 논의해본다. 이때 필요에 따라서는 『연필 영역에서』를 직접 다루기도 한다.

2. 마이크로그램 현상

2.1. 마이크로그래피의 작업 방식

마이크로그램의 내용을 분석하기에 앞서 문학사에서 유사한 사례를 찾기 어려운 '마이크로그래피' 현상에 대해 먼저 살펴보자. 앞서 언급한 것처럼, 마이크로그래피란 발저가 자신의 텍스트를 기록하기 위해 사용했던 독특한 글씨(체)를 지칭한다. 극도로 작은 글씨로 쓰인 그의 수기 원고들은 단순히 시각적으로도 보는 이들을 놀라게 하기에 충분하다. 이를 위해 발저 자신이 시도한 이중체계의 글쓰기, 이른바 '연필 체계'에 대한 설명이 부가되어야 할 것이다. 두 단계로 이루어진 이 연필 체계는 발저가 젊은 시절 사무원으로 곧잘 수행했던 베껴 쓰기와 유사한 점이 없지 않다.* 1단계에서는 연필로 초안Ent-wurf이 작성되고, 2단계는 펜으로 정서하는Reinschrift 작업이

---

* 당시 문서를 베껴 쓰는 작업은 곤경에 처한 실직자들이 임시로 하던 보잘것없는 일거리에 해당한다. 이 작업장의 열악한 상황을 발저는 『타너가의 남매들』에서 묘사한다.

268

이루어진다. 그러나 단순히 기능적, 기계적인 베껴 쓰기와는 달리 2단계에서는 일종의 자체적인 검열 및 수정이 일어난다.

그렇다면 총 526장으로 된 이 종이 뭉치에 남아 있는 발저의 손글씨Handschrift는 일종의 '그림 글자Bild-Schrift' 혹은 '글자 그림Schriftbild'이라 부를 수 있다. 말하자면 '이미지 형상Bild-Figuration', 혹은 '문자 이미지Schriftbildlichkeit'로 말과 그림의 하이브리드에 해당하는 것이다. 이처럼 마이크로그램은 손으로 쓴 글씨체, 텍스트의 전달체인 용지, 용지 위에 텍스트의 배치 등에서 발저가 구사한 자신만의 독특한 작업 방식을 보여준다. 달력이나 포장지, 엽서, 영수증이나 계산서 같은 각종 문서 등, 주변에서 구할 수 있었던 일상적인 종이의 뒷면이나 여백에 써내려가면서,* 텍스트를 배열하거나 여백을 사용하는 방식은 시각적, 신체적, 물질적 요소들의 결합을 보여준다 할 수 있다.**

---

* 1924/25년에 나온 8절 아트지 117장, 1926년도 투스쿨룸 달력과 1926/27년에 쓴 156장, 나머지 253장은 1925년과 1932/33년에 여러 종류의 종이 위에 쓰였다.

** 다양한 종이의 사용은 일차적으로는 양차 세계대전의 중간 시기, 특히 요양병원이란 환경에서 오는 종이 부족을 현실적인 원인의 하나로 꼽을 수 있을 것이다. 이것은 이 작가와 전쟁과의 관계 혹은 전쟁에 관한 발저의 입장 등을 헤아려 보게 하는 부분이다. 나아가 이것은 발저의 마이크로그램이 문학 연구뿐 아니라 조형예술의 측면에서도 주목받는 대목이기도 하다. 또한 실제로 공인된 학문 영역이라 부르기는 어렵지만, 필적학Graphologie적인 주제일 수도 있다. 하지만 필적학적 요소까지 덧붙여진다면 이것은 또다른 차원의 연구 주제가 될 것이다.

중요한 것은 연필이든 펜이든, 여전히 손이란 매체에 의존하는 동안 텍스트와 작가의 신체, 작가의 존재가 분리되지 않은 채 하나를 이루고 있다는 것이다. 보르히마이어는 이 이중의 글쓰기 체계를 창작과 글을 쓰는 행위(필사), 몸(손)의 움직임과 정신의 상태가 어우러지는, "종이라는 무대 위의 우아한 춤"이라고 표현한 바 있다.

그는 극도로 작은 글씨를 구사하는 동안, 사적인 작업과 공적 작업의 분리를 시도하고, 이 같은 분리를 생산적으로 이용한다. 다시 말해, 이중의 작업 속에서 일차적인 연필로 작업할 때는 자신을 '흘러가도록 내버려'(AdB 4. 176)둠으로써 사적이고 내적인 동기를 충족시키는 동시에, 펜으로 쓰는 단계에서는 일종의 수정 단계, 즉 자기 검열을 시도한다.* 이때의 자기 검열이란 문법적, 문체적 수정의 기능 외에도 날것 그대로 노출되었던 감정이나 표현의 흔적을 지우거나 통제하는 기능도 담당한다. 그렇다면, 발저의 마이크로그램은 초기 연구자들의 주장대로 병리적이거나 자폐적인 단순 반복 작업이 아니라 작가로서의 자기주장을 중단하지 않으려는 놀라운 시도로 읽혀야 한다.

---

* 발저의 마이크로그램을 해독한 베른하르트 에히테와 베르너 모어랑은 "그는 자신의 초안을 한 문장 한 문장 비판적으로 검토했고, 무엇보다 단어의 변화를 조심스럽게 숙고하고 의도했으며, 종종 개별적인 모티프나 아이디어들을 삭제하거나 새로 적어넣었다"(AdB 1. 8)고 기록한다.

1926년부터 점점 더 작아진 글씨의 크기는 종래에는 더이상 맨눈으로는 해독하기 어려운 정도가 된다. 그렇다면 그의 글씨체는 왜 점점 작아졌는가라는 질문에 대한 답변 또한 찾아져야 한다. 이는 외부의 시선에서 자신을 숨기려는 시도로 파악할 수 있는 한편, 다른 한편으로는 소멸되어가는 작가로서의 정체성을 고수하려는 일종의 내적 저항이란 추측이 가능하다. 또한 여러 겹의 위기 상황, 예컨대 정신적, 물질적, 사회적 위기의 막다른 시점에서 글을 쓰는 행위야말로 자신의 살아 있음, 세상과의 (이중적) 관계를 확인시켜주는 유일한 방법이었다는 것은 분명하지만, 문학사에서 유례없는 이 같은 현상에 대한 설명으로는 여전히 충분치 않아 보인다.

2.2. 마이크로그래피의 물질성과 친밀성

이와 관련하여 발저의 마이크로그램이 보여주는 시각성 혹은 물질성의 의미를 좀더 살펴보자. 프리드리히 키틀러는 자신의 교수 자격 논문 『축음기 영화 타자기』에서 "미디어가 우리의 상황을 결정한다"라는 말을 남긴다. 이는 마셜 매클루언의 '미디어가 곧 메시지'라는 저 유명한 명제와 더불어 미디어가 지니는 기술 결정론적 속성을 상기시킨다. 이후 널리 회자하게 된 이 말과 함께 키틀러는 『기록 시스템 1800~1900』에서 다양한 매체에 대해 언급하면서, 타자기의 출현은 손글씨의 다양한 차이를 없애고 똑같이 보이게 함으로써 문자의 "본질적 동일성"을 구현했다고 주장한다. 그에 반해, 인쇄술 Druckkunst 이전의 '손글씨'에 대해서는 "감정의 즉각적 효과가 손글씨로 가시화되지 않지만, 글씨를 보고 글쓴이의 전반적 성격을 판단할 수는 있다"는 말라르메의 말을 인용한다.

아울러 하이데거는 「손과 타자기에 대하여」에서 언어와 함께 손이 인간의 본질을 규정한다고 말한다. 다시 말해 그는 인간의 본질이 인간의 손에 내포되어 있다고 보는 것이다. 손으로 새겨진 언어, 시선에 자신을 내보이는 언어는 곧 문자인데, 이때 문자로서의 언어란 손으로 쓰인 손글씨를 의미한다. 나아가 이 손글씨에는 타자기로 쓴 것, 인쇄된 것과는 달리 친밀성의 흔적이 남아 있다는 것이다. 아울러 하이데거는 문자가 본질적 원천인 손에서 벗어나 타자기 혹은 인쇄술에 넘겨지면, '인간에 대한 존재'의 관계에서도 중대한 전환이 일어난다고 주장하는데, 말하자면 기계 혹은 기술이 쓰기와 문자의 본질을 은폐시킨다는 것이다.

이 같은 키틀러나 하이데거의 주장을 따른다면, 발저의 마이크로그래피는 그의 존재적, 문학적 본질을 가장 직접적으로 노정하는 형식이라 부를 수 있다. 발저의 경우, 1925년부터 연필로 쓰고 이후에 다시 펜으로 정서를 하는 글쓰기 방식을 실천했을 때, 역으로 "연필의 도움으로" 그의 "작가적 욕망"이 다시 되살아났다고 말한다. "내게는 그러니까 해체의 시기가 있었는데, 그것은 손글씨에서 그것의 해체에서 스스로를 비춰보고 연필로 쓴 것을 베껴 쓰는 동안 나는 어린아이처럼 글 쓰는 것을 다시 배웠다"라고 고백한다. 이처럼 손으로 글을 쓰는 행위는 그에게서 해체되어가던 문학의 본질을 다시 획득하려는 시도에 해당하고, 이에 하이데거의 말을 적용하면 은폐되어가던 존재의 본질을 회복하려는 시도로 해석할 수 있다.

이런 맥락에서 보자면, 대단히 미세하면서도 반듯한 글씨체 자체는 내용적 측면에 앞서 발저라는 작가의 존재론적 국면을 시각적, 물질적으로 보여준다. 애초에는 출판을 염두에 둔 작업이었다 하더라도 시간이 흐를수록 독자를 상정하기보다는 오직 자신만을 위해 쓴 이 텍스트들은 손을 통한 신체적 운동성과 손글씨의 시각적 이미지를 통해 글쓰기의 가장 원초적이고 내밀한, 본질적 국면을 보여주는 것이다.

3. 마이크로그램의 (문화)심리적 코드

알려진 바처럼 발저의 마이크로그램은 암호문에 가깝다. 이 원고의 존재가 세상에 알려졌을 때, 그의 법적 후견인이었던 카를 젤리히는 내용 없는, 해독 불가능한 산물에 해당한다면서 자신이 관리하고 있던 이 원고 뭉치들을 세상에 내놓기를 거부했다. 그뿐 아니라 한스 벤치거, 게르하르트 피니엘 등 초기 연구자들도 마이크로그램에서 정신분열, 자폐, '거부증' 등, 정서적, 정신적 질환의 징후를 읽어냈다. 그러나 누구보다 발저에게서 정신적 친밀성을 발견했던 제발트는 마이크로그램을 병리적 증후로 읽는 것에 비판적인 입장을 취하며, 오히려 그 속에서 도무지 줄어들지 않는 글쓰기에 대한 치열한 욕구를 발견한다.

제발트는 나아가 정신이 해체 직전의 가장자리에서 놓여 있을 때 오히려 일반적인 상태에서는 가능하지 않았던 관찰력과 예리함이 작동한다는 논리를 전개한다. 이 같은 맥락에서 그는 발저의 마이크로그램 소설 『도둑』을 "가장 재치 있고 대담한, 절대적 정직함으로 쓰인 자화상이자 자기 탐구"라고 부른다. 그러나 독자들은 마이크로그램 텍스트 속에서 제발트가 말한 자화상이나 자기 탐구 이외에도 때로는 성실하고 정직한 문화적 고찰, 때로는 특정 사안이나 인물에 대한 대담한 풍자나 패러디 등 훨씬 다양한 모습을 발견하게 된다.

그러나 글쓰기에 관한 여전히 꺾이지 않은 갈망에도 불구하고, 그의 많은 마이크로그램들이 어느 시점부터는 더는 독자들을 상정하지 않은 채 오로지 글쓰기 자체를 위해 쓰였다는 의미에서 가장 은밀한 텍스트들이기도 하다. 그중에는 여성상Frauenbilder 혹은 '여성적인 것das Weibliche', 여러 작가나 예술가들에 대한 비판적 리뷰, 연극 혹은 무대, 꿈, 창작의 위기처럼 발저 초기 문학의 핵심 주제들을 여전히 찾아볼 수 있다.

나아가 겉으로 비교적 선명하게 드러나는 주제들 이외에 오히려 숨겨지거나 반쯤 가려진 개인적인 코드들도 적지 않다. 아래에서는 정신분석적, 문화심리학적 테제를 적용하여 마이크로그램의 내용상의 특징들을 분석해보고자 한다. 이때 문화심리학적 테제란 발저가 살았던 시대의 스위스라는 문화적 환경과 정신분석학적 연구 방법을 결합한 것으로 이해할 수 있다.

3.1. 스위스적 문화 코드

베른 시기의 초반에 쓰인 텍스트들 중에는 스위스 베른의 시대상과 문화적 지형을 다루는 글들이 적지 않다. 다시 말해 작가는 종종 베른을 비롯한 스위스 여러 지역의 역사와 전통, 인물들을 다루는데, 이 텍스트들 속에서는 스위스라는 문화적, 지리적, 자연적, 사회적, 정치적 공간에 대한 많은 문화 코드들이 작동한다.*

예컨대 "이 도시의 인구가 얼마인지 알지 못하지만"으로 시작하는 산문에서 발저는 당시에 체류하고 있던 베른에 대해 어느 다른 도시들보다 애정과 자부심을 가지고 묘사한다. 자연적 요소뿐 아니라 역사적 배경, 주민들의 심성과 당대 상

---

* 이때 문화코드를 라파이유의 정의에 따라 "자신이 속한 문화를 통해 습득한, 일정한 대상에 부여하는 무의식적 의미"라고 규정한다.

황 등을 상세히 그려내는데, 이 같은 묘사는 그가 스위스라는 국가적 정체성, 칸톤이자 주도인 베른의 도시 정체성과 깊숙이 얽혀 있음을 느끼게 한다.

이 도시는 칸톤의 수도인데, 칸톤과 같은 이름으로 불린다. 이 칸톤은 우리나라에서 가장 크거나 두번째로 큰 것으로, 우리 칸톤의 수도는 일반적인 도시로서나 주도로서나 인상적이면서도 중요하고, 심지어는 다른 지역 주민들도 이 나라의 여러 도시 가운데 가장 아름답고, 가장 인상적이라고 말하기를 주저하지 않는다. (30쪽)

또한 베른 사람들의 정서에 대해서는 다음과 같이 말한다.

실제로 이곳은 여름에는 비교적 쾌적한, 말하자면 조금은 서늘한 편인데, 사철 눈으로 덮인 알프스가 가까이 있어 더운 계절에도 아주 쾌적하게 느끼도록 해주기 때문으로, 뭔가 기이한 것을 간직하고 있는 그 근접성이 주민들에게 어떤 영향을 미친다고 하겠는데, 그 영향은 어쩌면 힘을 불어넣어주는 듯하고, 어떤 의미에서는 유쾌하게 해주기도 하며, 산들의 광경은 우리에게 경고를 하고 경외심을 갖게 만들어서 우쭐거리는 것은 우리 방식에는 맞지도 어울리지도 않기 때문에, 사람들은 그런 태도를 본질적인 것이라고 여기지 않았다.(33~34쪽)

276

발저는 베른에서도 자신의 직업이나 거주지를 자주 옮긴 것으로 알려져 있다. 실제로 이 텍스트들은 베른시의 관광 안내책자를 위해 쓰인 일종의 역할 산문에 해당하지만, 일반적으로 주변 세계에 거리를 두면서 비사회적, 반사회적 인물로 불렸던 그가 여러 텍스트에서 스위스적 전통과 특성을 이처럼 긍정적으로 묘사하는 것은 일견 놀라움을 주기도 한다.

「거기 서식하며 그 지역에 이름을 붙인 녀석들은 덥수룩한 털을 가지고」도 그중 하나로, 여기서는 베른에 있는 베렌그라벤이란 지명과 이 지역의 역사에 대해 기술한다. 이처럼 스위스라는 나라와 그 전통에 대한 예찬이나 긍정적인 언급은 베른 시기 중 비교적 일찍 쓰인 산문들에서 드물지 않게 찾아볼 수 있는 주제들이다.

26개의 칸톤으로 구성된 행정 체계나 민족의 영웅 빌헬름 텔과 더불어 연상되는 스위스인 특유의 독립과 자유를 위한 열망, 강대국들에 둘러싸인 작은 영토, 지역주의와 결부된 애국주의, 수많은 산과 호수로 이루어진 스위스의 자연경관 및 문화경관에 대한 많은 서술은 발저가 자기 나라에 대해 지니고 있던 감정의 일면을 엿보게 한다.

나아가 이 산문들은 그가 1910년대에 경험했던 대도시 베를린에 대한 묘사와는 확연히 다르다는 것을 알 수 있다.* 같은 독일어권에 속하면서도 메트로폴리스적 도시 베를린에 대해 그가 지녔던 복합적인 애증의 감정과 비교한다면, 이 텍스트들에서는 훨씬 더 통일적이고 긍정적인 태도를 확인할 수 있다. "우리가 결코 내주고 싶지 않은 것, 절대 빼앗길 수 없는 소중하고 사랑스럽고 고귀한 것, 그 위에 우리가 기초하고"(37쪽)와 같은 단락은 비록 어느 면에서는 공적인 목적으로 쓰였다 하더라도 그의 정서가 스위스라는 문화적 코드와 깊숙이 연결되어 있음을 말해주는 것이다.

3.2. 사물성

발저의 마이크로그램 텍스트들 중 일부는 처음부터 분명한 주제 의식에 의해 쓰였다기보다는 기술되는 과정에서 스스로 말하는 경우가 많다. 그가 "주일 정장을 입은 것처럼 쓴다"(8쪽)라고 표현한 것처럼, 사전에 치밀하게 의미 체계를 구성하기보다는 즉흥적인 착상에 의존하면서 한순간에 떠오르는 사유를 바탕으로 텍스트를 만들어내는 것이다. 이것은 그의 글쓰기가 사유에 의한 이성적인 작업이기에 앞서, 손으로 행하는 하나의 신체적 행위이자 자동적 혹은 자발적인 행위를 의미하는 것으로, 그는 이것을 "일탈과 가지뻗기"(62쪽)라 부른다.

---

* 1910년대에 머물렀던 베를린에 대해서는 다음과 같이 쓴다. "이 도시의 모든 것은 부유해지려는 것으로 향하고, 그래서 많은 사람들은 비참할 정도로 가난해 보인다. 하지만 시골에서는 적어도 가난한 사람은 부자와의 부단히 계속되는 비교를 통해 상처를 입지는 않는다." 이 외에도 여러 곳에서 발저는 대도시 베를린에 대해서는 대단히 복합적인 감정을 드러낸다.

이렇게 이루어진 텍스트의 내용은 종종 부조리한 것, 중요하지 않은 것, 심지어는 난센스한 것으로 나아가는데, 이것은 작가가 부조리한 것, 중요하지 않은 것, 무의미하게 보이는 것에 오히려 더 많은 관심을 가졌다는 것을 역설적으로 입증해주는 것이다.

이 같은 맥락에서 보자면, 발저의 『마이크로그램』 텍스트에서 두드러지는 특징 중 하나는 '사물성Dinglichkeit'이다. 그의 관심을 끄는 것이 사회적, 정치적 삶이나 대단히 극적인 장면이기보다는 매일매일의 일상적인 삶의 단면들인 만큼, 삶의 현장에서 흔히 볼 수 있는 사소한 사물들이 자주 등장하는 것은 일면 자명해 보인다. 예를 들면 "아가씨의 작은 가방, 아가씨의 작은 구두굽"(62쪽)처럼 일상적인 사물들이 소재로 취해지는 것이다. 그는 이에 대해 다음과 같이 말한다.

엄청난 용기를 내어 마침내 완벽한 도서 전시용 책을 집필하는 대신 나는 계속해서 잘 다듬어진 손톱과 작은 손에 대해 쓰려고 하는데, 말하자면, 내게서는 가난하고 작은 문학밖에 생겨나지 않는다.(62쪽)

그러나 이것은 그다지 주목할 가치를 갖지 않은 이름 없는 것들을 불러내어 일상적 사물의 시화Poetisierung 혹은 문학화 Literarisierung로 이어지면서 모더니즘 문학의 특성을 선취한다는 점에서 중요하다. 이에 대해 제발트는 "가장 미미하고 무구한 것들은 당시 임박해오던 엄청난 시대 속에서 몰락되기 전에 구출되어야" 했다고 표현한 바 있다.

그런데 그의 텍스트 속 사물들은 움직이지 못하거나, 인간 주체에 의해 주도되는 단순히 수동적인 대상들만은 아니라는 점은 주목할 만하다.* 이들 사물이나 동물을 비롯한 이른바 '비인간'들은 종종 인간들과 대등한 지위를 차지하는 자체적인 행위자로 등장한다. 동물뿐 아니라 물건들도 인간과 마찬가지로 저절로 움직이고 행동하는데, 이 같은 특징이 잘 드러나는 것이 「평소에 나는 항상 제일 먼저 산문 작업복, 말하자면 일종의 작가 재킷을 입는다」이다. 이 산문의 앞부분은 다음과 같다.

개는 기뻐서 어쩔 줄 몰라 했는데, 아이들도 그것을 알아차렸고, 어리석은 개의 즐거움이 아이들을 웃게 만들었다. 아이들의 웃음은 또 나를 웃게 만들었고, 접시들과 어리석은 맥주잔 받침도 자기들이 놀이의 목적에 이용된 것을 알고 완전히 즐거움에 도취했다. 접시들은 자기들도 대등한 자격을 가진 것처럼 여기고는 스스

---

* 라투르 등에 의한 ANT(Actor-Network Theory)에 따르면 이때 동물이나 사물은 '비인간non-human' 전체를 대변하는 것으로, 인간중심주의에서 벗어나 모든 대상들이 독자적인 행위자로 그들 사이의 네트워크 속에서 존재한다는 것을 의미한다.

로 결정한 듯 바닥으로 굴러가자, 개와 아이들은 그것들을 잡으려고 뒤쫓아갔는데, 바로 그 속에 행복이 있었다.(38쪽)

대단히 흥겨운 이 산문의 앞부분에서 접시와 맥주잔 받침과 개와 아이들과 '나'는 하나가 되어 웃고 놀이에 몰입한다. 이때 개와 접시가 서로 동등하게 느낀다는 사실이 중요하다. 사물들, 예를 들면 맥주잔 받침이나 접시, 그리고 개와 아이들이 모두 대등하게 놀이에 참여하고, 결국 모든 사물들이 어우러져 천진난만한 웃음과 행복감으로 하나가 됨으로써 사물 중심적 글쓰기의 일면을 선취한다.

발저 자신은 이것을 기계적인 산문이라고 표현하는데, "그때 기계적인 것은 아름다운 것이었다. 고백하자면, 나는 이 산문을 완전히 기계적으로 썼고, 이것이 당신 마음에 들기를 바란다."(44쪽)고 말한다. 이처럼 사물 혹은 사물성을 강조하는 사물 미학적 측면은 발저 시학의 전반적인 특징과 전혀 무관하지 않다.

나아가 이 같은 기계적인 글쓰기는 일면 초현실주의자들의 '자동 글쓰기'와도 유사하게 보인다. 무의식적이고 무의도적인, 스스로 이어지면서 "나는 이 보고를 믿을 수 없을 정도까지 계속할 수 있을 것이다"(43~44쪽)라는 문구처럼 원칙적으로 끝없이 이어지는 텍스트를 산출한다는 의미에서 그러하다.

그의 텍스트 속에 내재된 사물들이 가진 특수성을 잘 보여주는 또하나의 산문은 「이 이야기는 아름답다기보다는 차라리 우스꽝스럽다」이다. 여기서는 물컵과 난로 연통, 그리고 크로코딜롭스키란 이름을 가진 사물들이 등장한다. 심지어는 '피크닉'도 물컵의 편이 되어주는 주체로 등장한다. 도무지 사람들의 눈에 띄지 않는 난로 연통과 물컵이 주체적으로 등장하는 이 텍스트에 내포된 혹은 숨겨진 의도를 고려하지 않고 단순히 문자적으로 읽는 것만으로도 대단히 흥미롭다. 이 경우도 물컵의 깨어지기 쉬운 속성처럼 사물들의 속성에 대해 논의하면서 사물 미학, 혹은 사물 시학의 측면을 보여준다. 이때 사물의 일반화된 특성과는 분명한 거리를 두고, 이들에 대한 이율배반적이고 모순적인 태도를 통해 기존의 의미를 향한 전복적인 태도를 어렵지 않게 발견할 수 있다.

다른 한편, 이 사물 텍스트는 실제 인물들에 대한 풍자임이 드러난다. 실제 인물들이 사물의 형태를 취하고, 그의 풍자적 의도는 하나의 무해한 상상의 유희처럼 작동한다. 이처럼 마이크로그램의 사물 미학적 특징은 작가가 사적인 연필 공간 속에서 현실적인 적들에게 공격을 가하는 상상적 유희에 기여한다. 말하자면 그는 스스로를 보호하는 자의적인 틀 속에서 낯설게하기와 코드화하기를 통해 유머러스한 실험을 시도하는 것이다.

3.3. 성적 코드

발저의 마이크로그램 텍스트에서 종종 눈에 띄는 것은 이른바 성적 코드들이다. 국내외의 연구자들은 일찍부터 이에 대해 관심을 보였는데, 이들은 종종 발저의 텍스트나 인물에서 나타나는 마조히즘적 특성에 대해 논의한다. 그러나 다른 한편, 그들의 명확하지 않은 성적 정체성에 대한 논의도 가능하다. 후자의 경우, 여러 텍스트에서 나타나는 화자 혹은 주인공의 성적 정체성이 여성인지 남성인지 분명하지 않는 점을 들 수 있다. 예컨대 「오늘의 글을 쓰는 수고로 당신에게 알려주려 한다」라는 산문의 마지막 부분에는 "그녀에게서 문제가 되는 것은, 그녀가 남자라는 것입니다Das Fragliche an ihr ist, sie ist ein Mann"(179쪽)란 문장으로 끝이 난다. 이와 유사하게 제발트는 발저의 문제적인 성정체성에 대해 "반백의 남자로서 아직도 자기 안의 어린아이나 소년을 느끼는 것이고, 또 그가 언제나 되고 싶어했던 소녀"라고 말한다. 또한 화자와 주인공의 정체성도 분명하지 않아서, 화자와 주인공 사이는 분리되지만 다음 순간 둘은 하나가 되기도 한다.

이처럼 발저의 텍스트에서 성적 코드들은 때로는 직접적으로, 때로는 숨겨진 채 은유적으로 작동한다. 현실에서 그의 여성들과의 실제 관계는 한 번도 사회적으로 승인된 시민적, 제도적 틀 속으로 이어지지 않았다는 것과 유사하게, 텍스트 속의 인물들도 대부분 상상적 차원 속에서 부단히 접근을 시도하면서도 동시에 스스로 거부하거나 중단하는 이중적인 모습을 보인다.

「하얀 남자들」이란 시의 일부는 다음과 같다.

사랑하는, 사랑하는 여인이여, 나를 한번 찾아주오!
나는 당신의 옷을 벗기고 싶소.
인류가 그들의 고통에서 벗어나려는 것처럼.
두려워 마오, 나는 비단결같이 부드러울 거요.(94쪽)

발저의 다른 시들에서 욕망은 종종 은유화되고 숨겨져 있지만, 이 시의 경우에는 시적 자아가 상당히 직접적으로 자신의 욕망을 표현한다. 이처럼 발저의 텍스트에는 여성 혹은 여성성과 관련된 수많은 언급들이 나타난다. 실존하는 여성이든 상상 속의 여성이든, 귀부인이든 레스토랑의 종업원이든, 여성에 대한 언급은 그의 텍스트의 많은 부분을 차지하는 것이다. 「룬트리히 부인은 태도가 화려하고」에 나오는 룬트리히 부인처럼 그 여성이 세 든 집의 여주인인 경우도 많은데, 그녀들은 화자 혹은 작중 남성에 대해 명령권자처럼 행세한다. 그녀들의 태도나 요구는 종종 부당하고 비현실적이지만, 때로는 애인처럼, 때로는 하인처럼, 심지어는 둘 다인 것처럼 보이는 작중 남성 인물은 그 여성에 대해 전혀 저항하거나 그녀를 제어하지 못한다.

그럼에도 작가는 이로 인한 짐짓 희비극적 상황을 유머나 위트를 통해 반전시킨다. 「룬트리히 부인……」의 경우에 그것은 머리가 잘려나간 파리의 모습으로 희화되는데, 한편으로는 그로테스크하고 다른 한편으로는 우스꽝스러움을 자아내는 목이 잘린 파리의 모습은 텍스트 속 작가의 형상을 넘어 현실 속 작가의 상황을 가리키는 듯하다.

이런 맥락에서 마이크로그램에 나타나는 성적 코드들이 어느 정도는 페티시즘 같은 일탈적인 성향을 보이는 것은 당연하다. 텍스트의 곳곳에서 여성의 특정 신체 부위, 특히 발이나 입술 같은 신체의 일부, 혹은 해당 여성의 특정 물건에 집착하는 유아성애적, 관음적, 관능적 페티시즘의 성향을 드러내는 것이다.

「오래 생각할 것 없이 나는 그를 올리비오라고 부른다」에 나오는 올리비오도 그와 유사하게 보이는데, 지극히 미소한 올리비오라는 인물은 갈망하던 여성의 신체 세계를 여행하고, 이때 여성의 신체 탐험을 힘든 등반 과정과 연결시킨다. 이때 작가는 '신체 쇼'라는 바로크적 토포스를 바탕으로 '신체 세계'를 탐구하는 조형적인 상상력을 펼친다.

아래는 「저기 있다」로 시작하는 첫번째 텍스트의 마지막 부분이다.

가장 훌륭한 채찍은 부드러움 그 자체와 부드러움과 연결된 모든 것, 단호하지 못함, 우유부단함, 정신적인 것, 섬세함, 뭔가를 붙들기에는 수줍음 같은 모든 것을 표현한다. 나는 이것으로 여성스러움의 권력에 주목한다.(14쪽)

위의 산문에서 우연히 만난 한 여성이 소지하고 있는 승마용 채찍은 부드럽고 유연하다. 그러나 부드럽고 유연한 채찍일수록 그것을 휘둘렀을 때의 위력은 막강하다. 이 '부드러운 채찍'에 담긴 의미는 '여성스러움의 권력'이다. 이와 관련하여 발저는 니체의 '채찍'을 언급하는데, 니체와 채찍의 관계는 철학사적, 문화사적 코드와 깊이 관련된 것으로, 여기서 발저는 루 살로메와 니체의 관계를 암시하는 듯하다.*

이처럼 발저의 마이크로그램 텍스트에는 일종의 정신분석학적, 성적 코드를 연상시키는 메타포 혹은 상징들이 여기저기 흩어져 있다. 이처럼 채찍을 가진 여성이 일반적으로 마조히즘과 연결되는 것을 떠올리면, 발저 텍스트 속의 많은 코드

---

* 니체와 그의 친구이자 연적인 파울 레가 수레 앞에 서 있고, 뒤에서 살로메가 채찍을 들고 있는 모습을 찍은 사진은 잘 알려져 있다. 이 사진은 스위스 루체른에서 찍은 것으로 세 사람은 기묘한 동거를 하며 이탈리아 전역을 몇 달 동안 여행했다. 그후 니체는 『차라투스트라는 이렇게 말했다』를 완성하고 토리노에 머물다 발작을 일으키고, 십일 년 동안 정신병에 시달리다 세상을 떠났다. 실제로 니체는 『차라투스트라는 이렇게 말했다』의 1권 「늙은 여인들과 젊은 여인들에 관하여」의 마지막에서 늙은 여인에게 지혜를 구하는 차라투스트라에게 나이든 여인은 "여자에게 갈 때는 채찍을 잊지 마라"라고 말한 바 있다.

들은 지극히 개인적인 것이기도 하지만, 그것을 넘어서는 문화사적, 철학사적 기의를 내포한다.

4. 마이크로그램의 문체적 특성

4.1. 숨기기와 드러내기

『마이크로그램』 텍스트를 실제로 읽을 때 독자들을 당황하게 만드는 요소 중 하나는 그의 문장들이 기이할 정도로 길고 복잡하게 구성되어 있다는 점이다. 물론 이런 문체적 현상은 초기 작품에서도 이미 알려져 있다.

> 그건 그렇고 나는 어제 상당히 늦은 시간임에도 어떤 사람과 길에서서 최고의 대화를 나누었는데, 대화를 하는 동안 그 인물은 나를 믿고 이야기를 털어놓아도 되겠다는 생각이 들었던 모양인지, 언젠가 사교계 여성과 매우 고상한 대화에 연루되었다는 것을 깨닫는 순간, 그 여성의 어깨 너머로 더할 나위 없이 무심하게 아주 정교한 무늬가 새겨진 권총으로 반항적인 군중을 향해 잇달아 총알을 쏘았다는 사실을 내게 애써 얘기하려는 것처럼 보였다.(8쪽)

다른 산문 텍스트에서도 누차 발견되는, 불필요할 정도로 길고 인위적으로 연결되는 문장들은 당대 글쓰기의 시대적 특징이나 유행으로 볼 수 있고, 독일어권에서는 한국어보다 긴 문장을 선호한다는 사실을 전제할 수도 있을 것이다. 그러나 다른 한편, 이 같은 현상은 발저의 심리상태를 보여주는 것이란 해석 또한 가능하다. 의도적으로 긴 문장들은 일종의 연상작용이나 앞서 논의한 '자동 글쓰기'처럼 사유 혹은 상상이 끊이지 않고 지속되는 과정을 보여주는 것과 동시에, 간명한 문장으로 자신의 생각이 곧바로 전달되고 해독되는 것을 피하려는 의도적인 글쓰기, 즉 숨기기의 일환으로 파악할 수 있다.

그 이외에도 발저의 마이크로그램 글쓰기의 또다른 특징으로 주변적인 것을 드러내기를 꼽을 수 있다. 이는 부차적인 것, 주변적인 것에 대한 관심과 무관하지 않다. 예컨대 회화나 다른 예술작품에 대한 묘사 또한 발저에게 여러 차례 글을 쓰는 동기를 제공하는데, 이때 발저는 주변적인 것을 오히려 중심에 옮겨다놓음으로써 예술품에 대한 일반적인 묘사와는 거리를 두는 것이다.

4.2. 언어유희적 특성

초기 작품들에서도 그러했지만, 마이크로그램에서 더욱 두드러지는 것은 그의 언어가 보여주는 비관습적, 유희적 속성이다. 그가 취하는 다양한 방식의 언어유희는 아직도 깨어 있고자 하는 작가에게 가장 중요한 지적, 문학적인 작업 방식이

자 성과 중 하나라 할 수 있다. 후기에 올수록 더 자주 목격되는 독특한, 때로는 기이할 정도로 기발한 그의 언어적 유희는 텍스트의 전체 분위기를 돌연 기지 넘치고 유머러스한 분위기로 바꾸어놓기도 한다. 이로써 유머러스한 효과를 꾀하기도 하지만, 나아가 이전의 진술을 반전시키며 전복하는 효과를 보여준다.

시 텍스트에서 나타나는 언어의 유희적 속성 중 대표적인 것은 의당 운을 맞추는 것으로, 이와 관련해 그는 탁월하게 각운을 구성한다. 1927년에 쓰인 한 편의 시 「한때 좋은 사람들이 나를 보았던 그곳」을 예로 들면, 그는 A-B-A-A-B으로 끝나는 각운을 통해 리듬을 구사하고 있음을 알 수 있다.

Möglich ist, dass ich hier pfusche.

Vorm hübsch versteckten Dörfchen kräht ein Hahn.

Von Prosastück zu Prosastück ich husche,

womit ich, was ich einmal war, vertusche,

wenn unerwünschte Sentiments mir nah'n.

이 같은 요소들로 인해 그는 시의 음악성을 가장 잘 구현한 시인으로 평가되는 프랑스 시인 베를렌과 비견되기도 했는데, 베를렌의 시를 독일어로 옮길 수 있는 사람은 발저밖에 없다는 세간의 평에 그는 오히려 다음과 같이 불쾌감을 표한다.

파리 전역이 무채색으로 서 있고,

나는 동경을 동경한다.

나를 한번 보세요, 나는 야옹이라고 해요,

한때의 폴 베를렌과 흡사하게.

(……)

내게 양파 하나를 다오,

내 눈에 눈물이 흐르도록,

한때 우리의 폴 베를렌이

원고지 위로 흘리던 눈물처럼.(216~219쪽)

이와 유사하게 베를렌과 동시대 시인인 랭보에 대해서도 그는 「미모사」에서 과도한 예민함을 풍자한다.

그의 텍스트에 나타나는 언어유희 중 전형적인 것은 고유한 어휘 사용법이다. 예컨대 위 시의 경우 "나는 동경을 동경한다nach der Sehnsucht ich mich sehne", 혹은 "내게서도 눈물이 흐른다daß die Träne mir auch träne", 그리고 "이해심이 많은 이해verständnisvolles Verständnis"와 같은 동일한 어원의 어휘를 가지고 유희하는 것이나 "연필로 긁적이기, 그려넣기, 잡다한 일하기zu bleistifeln, zu zeichnelen, zu gfätterlen"처럼 스위스 고유어를 변형적으로 사용하는 것도 잘 알려진 기법이다. 그가 만들어낸 신조어 중에는 '푸르름Begrüntheit' '자명성Ohneweiteresheit'과 같은 명사형, '조합하다zusammengebildnißen' '다른 작가의 책ein andersautoriges Buch'·'촉촉하고 푸르디푸른saftiggrünster'·등과 같이 자의적인 어휘의 조합도 종종 발견된다.

　나아가 발저 스스로가 만들어낸 새로운 비유들도 또한 다양하게 목격되는데, 이를테면 "태양은 참새처럼 빛났고, (……) 아름다운 풍경은 은신처에 숨은 쥐처럼 웃었는데"(162쪽) 같은 발저 특유의 비유를 만들어낸다. 또한 룬트리히 부인과 관련해서는 "룬트리히 부인은 구슬처럼 둥글고 놋쇠 같은 웃음소리를 울려 퍼지게 했는데, 그것은 마치 풍선이 터지는 것 같았다"(208쪽) 같은 비유를 사용하기도 한다. 앞서 언급한 바와 같이 발저 특유의 이런 고유하고도 독창적인 언어적 특성들은 겉으로 드러나는 신선함이나 유머러스함 외에도 때로는 풍자적, 반어적, 그로테스크한 효과를 불러낸다는 특징을 지닌다.

　　그는 그녀의 말에 순식간에 복종하면서 자신의 겹겹이 쌓인 천재성의 결과물을 셀 수 없이 작은 날개 달린 조각으로 찢어버렸는데, 그것은 마치 눈이 내리는 것처럼 보였고, 그 눈송이들은 이제 바닥을 장식했다.(204쪽)

　여기서 독자들은 흔히 사람들 앞에서 소심하고 수줍어하는 것으로 알려져 있던 발저의 평소 모습과는 다른, 대단히 도발적이고 풍자가로서의 면모 또한 발견하게 된다.

아나톨 프랑스의 죽음에 관해 쓴 「부고」에는 "아나톨 프랑스라고 불리는 모든 것은 그렇게 사라졌다. (……) 삶은 위대한 사람들의 관 앞에 멈춰 서 있지 않는다. 나는 삶이 다시 일어서리라는 것을 믿는다"(93쪽)라고 기술한다. 여기서 사망한 아나톨 프랑스가 프랑스라는 국가를 대변하는 것은 자명하다.

베를렌이나 랭보, 아나톨 프랑스에 관한 언급에서 드러나듯 발저는 저명 작가들의 명성이나 권위에 관해 좀처럼 인정하거나 굴복하지 않으려 했고, 스스로를 늘 작게, 주변적으로 보이려 했던 것과는 정반대로 풍자적이고 도발적인 태도를 보인 것은 자못 흥미롭고 많은 것을 시사한다.

4. 오로지 연필의 힘으로

발저의 마이크로그램을 다룬 이 글에서는 우선 마이크로그래피의 현상에 대해 밝히고, 나아가서는 마이크로그램 텍스트들을 몇 가지 범주로 나누어 분석을 시도했다. 발저의 마이크로그래피는 인쇄 이전의 손글씨, 그것도 연필과 펜으로 이루어진 이중의 수공업적 작업 과정을 보여준다는 점에서 특이하다. 이때 그가 구사하는 극도로 작은 글씨는 점차 소멸되어가는 자신의 존재 자체를 타인으로부터 방어하는 동시에,

최종적으로 남은 작가로서의 정체성을 스스로에게 인식시키기 위한 수단으로 파악할 수 있다. 나아가 그의 마이크로그램은 글쓰기가 이루어지는 사유의 과정을 그대로 노정하는 동안 손에 의한 가장 본질적이고 근원적 상태를 보여준다.

문단뿐 아니라 주변 세계로부터도 점점 더 고립되어가던 작가는 사회적 관계나 인간적인 교유가 점점 더 줄어드는 상황에서 오로지 연필의 힘을 빌려 자신과 현실을 관찰하고, 그것을 넘어서는 세계를 상상한다. 이처럼 발저의 마이크로그램 속에는 주변적이고 사소한 현실에 대한 부단한 관찰과 끝없이 이어지는 상상의 대상들이 다양한 방식으로 표출된다.

이 같은 마이크로그램 텍스트들은 하나의 명제로 포괄하기 어려운, 이질적이고 상반되는 작가 개인적 심리나 집단적 문화 코드들이 숨겨져 있다. 자신을 직접적으로 드러내기를 원치 않았던 작가는 이런 요소들을 은유나 상징으로 코드화시켜 텍스트의 여기저기에 숨겨놓는 방식을 사용하면서 손쉽게 그의 문학 세계를 논하려는 연구자들의 시도를 거듭 벗어난다. 또한 그가 구사하는 은유와 상징, 비유들 또한 기존의 언어가 가지는 틀을 벗어나는 세심하면서도 기발한 언어유희적 특성을 보여준다. 이로써 여전히 수수께끼처럼 남아 있는 발저 문학의 많은 코드들은 진짜 기의를 찾아내도록 독자들을 유도하고 자극한다. 이런 의미에서 개인적, 심리적 차원뿐 아니라 집단적, 문화적 코드들을 찾아내어 분석하는 작업은 앞으로도 더 적극적으로 이루어져야 할 것이다.

안미현

옮긴이의 말

발저 텍스트의 번역은 아무리 읽어봐도 매끄럽지 않고 덜거덕거린다. 겸양으로 하는 말이 결코 아니라 실제로 그러하다. 전적으로 내 재주의 부족, 그리고 가급적 원문의 형태를 고수하고자 하는 내 번역 원칙에 그 원인이 있으리라는 것을 솔직히 인정한다. 그러나 동시에 발저의 글쓰기 또한 매끄럽지 않은 것은 사실이다. 번역하는 동안 그는 왜 이렇게 복잡하고 길디긴 문장을 썼는지를 시종 한숨을 내쉬었다. 그러나 글을 써본 사람이면 안다. 단어나 토씨 하나, 문장부호 하나가 얼마나 중요한지를, 절대로 마음대로 대체할 수 없다는 것을 말이다.

마이크로그램 속에 포함된 발저 텍스트의 주제들은 그리 대단한 것들이 아니다. 거기서 아주 심오한 철학적 사색이나 일격을 가하는 듯한 지적 깨달음을 찾으려는 독자는 분명 실망할 것이다. 오히려 그의 글은 사소하고 시시콜콜한 것, 그다지 중요해 보이지 않는 것들로 가득하다. 논리적이지도, 홍

미진진하지도 않은 자질구레한 생각들, 어찌 보면 사소한 글 말이다. 그러나 우리는 안다. 바로 이렇게 지지부진한 글 속에 그의 꺼지지 않는 정신, 세상의 모든 것과 거리를 두면서, 세상을 저만큼 뛰어넘는 그의 지극히 초월적인 정신이 숨겨져 있다는 것, 글쓰기에 관한 포기할 수 없는 욕망이 숨겨져 있다는 것을 말이다. 이른바 '마이크로그램'을 쓰는 것은 그에게는 이제 더는 출판이나 세상의 인정에 관한 문제가 아니라 생존의 문제이다. 자신이 아직 살아 호흡하고 있음으로 할 수밖에 없는, 생존해 있음을 확인하는 작업인 것이다. 일찍이 그를 알아보고 그에게서 정신적 친밀성을 느꼈던 제발트는 이 글들이 이미 저세상에서부터 쓰여지기 시작했다고 말한다.

도대체 왜 이 글들을 읽고, 심지어 번역까지 하려 했는가? 그것은 발저의 글을 옮기는 내내 스스로에게 던진 질문이기도 하다. 의미 있고 심오한 글을 번역해서 우리 학계와 문단에 뭔가를 기여하리라는 나의 자부심과 욕망은 아랑곳없이, 그는 낮은 목소리로, 밑도 끝도 없이, 자신만의 생각을 늘어놓는다. 매 순간 머릿속을 잠시 스쳐갔던 생각들, 눈앞에 잠시 머물렀던 인상들을 주저리주저리 늘어놓는 것이다. 도대체 그는 과묵하고 수줍은 사람인가? 수다스럽고 말 많은 사람인가? 그는 스위스 특유의 애국주의자인가, 모든 규범에 저항하는 반사회적 인물인가? 그의 작은 글들은 목적성과 성과 의식으로 가득찬 내가 끝끝내 답을 찾지 못할 것임을 미리 말해주는 듯하다.

글을 옮기고 난 후에도 그는 여전히 하나의 수수께끼처럼 낯설게 남아 있다. 내심 그를 이해해보겠다고 다가갈수록 그는 점점 더 뒤로 물러서며 자신의 모습을 꼭꼭 숨겨버린다. 우리는 이제 고백해야 한다. 그의 글에 대해 비평적 언사를 구사하고 싶어했던 우리가 얼마나 어리석었는지, 우리의 정신이 얼마나 세속적이고 무지막지했는지를 말이다. 그리고 마침내 깨닫게 된다. 그의 문학은 우리에게 그 무엇도 확정적으로 말해주지 않는다는 것, 바로 거기에 그의 문학의 의미와 무의미가 동시에 존재한다는 것을 말이다. 그 어떤 것에도 연연하지 않는 그의 섬세하디 섬세한 정신과 문장 앞에서 나의 투박하고 무지막지한 판단이, 어설픈 모방과 흉내내기로 가득찬 나의 논리와 이성이 실은 매 순간 부끄러웠다.

이 책의 출판을 맡아준 문학동네에 고마운 마음을 표한다. 그리고 뒤늦게 만난 발저에 대한 나의 관심을 지지해주고 여러 자료를 보내주는 등, 언제라도 기꺼이 도움이라도 주고자 하는 취리히대학교 알프레트 메설리 교수님께 이 자리를 빌려 깊은 우정과 감사의 마음을 전한다.

지은이 로베르트 발저

1878년 스위스 빌에서 태어났다. 1898년 처음으로 시를 발표했고, 1906년
부터 『타너가의 남매들』『조수』『벤야멘타 하인학교: 야콥 폰 군텐 이야기』
등을 출간했다. 1913년 모국 스위스로 돌아와 산문집 『작은 문학』『물의 나
라』, 장편소설 『토볼트』『테오도르』 등 다수의 작품을 집필했고, 1925년
2월 마지막 산문집 『장미』를 출간했다. 1929년 베른에 있는 발다우 정신요
양원에 입원했다. 1933년 헤리자우에 있는 요양원으로 이송된 후에는 절필
한 채 여생을 보내다 1956년 12월 25일 산책을 하던 중 눈 속에서 심장마비
로 사망했다.

옮긴이 안미현

한국외국어대학교에서 독일어, 영어, 교육학을, 동 대학원에서 독일 문학을
전공하고, 독일 튀빙겐대학교에서 박사학위를 받았다. 국립목포대학교 독
일언어문화학과/문화콘텐츠학과에 재직중이며, 영국 케임브리지대학교 독
문학과에서 방문교수로 연구했다. 『레싱의 초기 작품에 나타난 구조적 관련
성』을 독일어로 펴냈으며, 국내 저서로 『경계횡단으로서의 번역』, 역서
로 『수사학의 재탄생』『죄와 속죄의 저편』 등이 있다. W. G. 제발트의 『아우
스터리츠』로 제6회 시몬느 번역상(제13회 한독번역문학상)을 수상했다.

연필로 쓴 작은 글씨

희미해져가는 사람, 발저의 마지막 나날

초판 인쇄 2023년 11월 17일
초판 발행 2023년 12월 08일

지은이 로베르트 발저
옮긴이 안미현

기획·책임편집 이경록
편집 임선영
디자인 이혜진
저작권 박지영 형소진 최은진 서연주 오서영
마케팅 정민호 서지화 한민아 이민경 안남영 왕지경 황승현 김혜원 김하연 김예진
브랜딩 함유지 함근아 고보미 박민재 김희숙 정승민 배진성 조다현
제작 강신은 김동욱 이순호
제작처 한영문화사(인쇄) 경일제책(제본)

펴낸곳 (주)문학동네   펴낸이 김소영
출판등록 1993년 10월 22일 제2003-000045호
주소 10881 경기도 파주시 회동길 210
전자우편 editor@munhak.com
대표전화 031) 955-8888   팩스 031) 955-8855
문의전화 031) 955-3576(마케팅) 031) 955-3572(편집)
문학동네카페 cafe.naver.com/mhdn
인스타그램 @munhakdongne
트위터 @munhakdongne
북클럽문학동네 bookclubmunhak.com

ISBN 978-89-546-9888-7 03850

www.munhak.com